兩代人的十二月

的

十二月

閻連科、蔣方舟　著

目錄

共同的相遇

閻連科

二年前，日本的NHK電視台，安排我到日本的任何城市和鄉村隨意的走走和動動，除了他們的國家機密和軍事之所外，民間的哪，凡你欲去之處，都可任由你的走動和探訪（旅遊的千載之機），但條件是你不要去誇日本的哪好和哪好，一定要多說哪兒不好或者不夠好。他們不讓你總是看見他們的好，更希望借你的陌生之眼，發現和看見他們那些醜的、髒的乃至糟粕的。之後他們會依據你的發現和胡言，做出一個專題片，即所謂的「外國作家學者看日本」。

這是NHK的一個常年計畫，每年都安排一個國外的學者或作家到日本隨走和胡言。就那時，我有一個想念，覺得應該借此問答、對話出一本《中國人應該向日本學什麼？》的小書來。也就立刻想到最好能邀上方舟同行去問答、對話這本書。因為她既有作家的文學之敏，又兼具新聞專業的職業之銳，且讀書甚多，人也謙遜，對上代作家有恭敬之心，這就容易指派和欺負，讓自己覺得不僅自己年長，而且所知甚多，學識也似乎寬寬廣廣。可惜後來，因為中日關係的砰砰啪啪，這些計畫和想念，都早死在了剛發芽的土地裡。

到了2013年秋，我去南京的先鋒書店自誇銷賣新作《炸裂志》，而那時，她恰在那兒宣傳她的《我承認我不曾歷經滄

桑》的隨筆集。就是在那兒，彼此都有一場的演講中，我似乎窺看到了兩代人的鴻溝到底有多深；知道了我的局限和下一代人（作家與讀者）的距離與聯繫。知道了面對現實這兩代作家共同的關心和彼此矛盾、意見相左的一些根由和不可調和的無奈與未來。時間是人與人的橋。也是人與人永遠不可丈量的海，如同孤島與看不見的陸地之距離。因為想要丈量這距離，想要告訴海說島和陸地間無論水域多麼寬廣它們也是聯繫的，也就續念和方舟對話這本書。對話這兩代人要共同相遇、面對的現實、日常和突發。

也就有了這本《兩代人的十二月》。

有了我這落日間的賤狗之吠和她晨起時分的鸝之鳴。有了兩代人的聯繫、分歧和各走各道又必然殊途同歸的路。有了共同面對現實的糾結、矛盾、焦慮、寬容、逃避、躲閃和對世事相同或完全不同的認識和判說；共同要面對世界的無奈和心不甘此的暢言與萎縮，以及彼此面對真相欲言又止的尷尬相。這是兩代人的也是兩代作家的；是島嶼的也是陸地的；是表面現實的，也是無邊無際的時間都無法填滿的陷阱和深層精神鴻溝的。

怎麼辦？

那就隨它吧。

真的就只能隨它嗎？

《兩代人的十二月》，面對這些不是一本無慚無疵的書。相反這本書中留下的憾漏如從水中撈出來的網。但那網上畢竟還掛著點點滴滴的兩代作家的思想、情感和面對現實與世界的真誠和警覺、直言和帶著現實鹽味的水。它不求解決什

麼，也絕不期望解決多少是多少。它所能夠做到的，就是那一年兩代人或說兩代作家在要共同相遇的面對中，把彼此的所思所想留下來，就像把虛掩的鴻溝挖開給人看一樣。

2015年1月9日

前面的話

蔣方舟

在編輯本書的某一日，閻老師給我傳來微信，問：「你說我們是不是太被文藝綁架了呢？」

我思索良久，腦海中想到的是在校改完《愛麗絲中國遊記》後，沈從文在存底本上留下這樣的題識：「越來越難受，這有些什麼用？一面是千萬人在為爭取一點原則而死亡，一面是萬萬人在為這個變而徬徨憂懼，這些文字有什麼意義？」

我妄自猜測閻老師同我一樣，時常感受到這種無法自拔的失落——這些文字有什麼意義？

這樣的感覺在最近的一年尤其頻繁。中國在巨變，世界在巨變。文學家置身之外，無法參與歷史，無法改變現狀。每天的現狀都和昨天的現狀不一樣，文藝家能捕捉的東西何其少？動作何其緩慢？哪怕捕捉了世界變化中的吉光片羽，影響和力量又何其渺小？

這些想法對於文藝家們來說幾乎等同於自殺——懷疑自己所做一切的意義。

冬天，我去看一個導演的作品首映。在播電影之前，導演帶著笑嘟囔了一句：「這個時代都這樣了。」觀眾帶著同情和理解，笑著附和。隨即開始播放電影，一對俊男美女所主演的，「充滿了時代氣息」的電影，迥然於這個導演之前的作

品。

　　在感覺到文藝的力量式微時，這個導演代表了一種選擇：時局太壞，破罐破摔。娛樂至死，至死方休。

　　看完電影回來的路上，我一路躲避狂風，姿勢惶恐可笑，內心卻忽然有種異常的安定：既不願與時局妥協，也不願意自我放逐。不願意停止對現實的關注——當然，我知道這種關注的力量很小，小得就像鼴鼠打洞，並妄想撬動地殼。

　　這本書，就是用我和閻老師，兩隻鼴鼠，用打洞扒出的土造出的一座小山。我們用了一年的時間，每個月或對談，或在同題之下各寫一篇文章互文。

　　往大了說，這是兩個作家的嘗試，既立足於寫作本職，又謀求參與社會，千方百計地找出盡職責的手段。

　　往小了說，這是兩個人的日記，記錄下一年的所思所想，像是在分岔的小徑立下兩個用記憶編織成的稻草人，向迷路的人解釋，發生了什麼，哪裡才是方向。

一月

偏見是溝通的水流

一則閒遇

　　1月3日下午，從地鐵六號線換四號線去北京南站，自平安里換乘上車後，因人多站立，便和面前一對二十幾歲的大學生（似是）、又像讀研者的戀人站在一塊兒，他們看著各自的手機，耳朵中還彼此聽著來自男方手機上一分為二、各人一個的耳塞（也許是聽音樂）。聽著看著間，他們你我望一眼，笑一下，那幸福宛若擺在鬧市的花，你們擠嚷，你們奔忙，我自安靜的開放和燦然。讓人覺得今天這中國，這世界，於他們說來，天藍水碧，風和日麗，一切都是好的和美的。

　　我有些嫉妒他們的年齡和屬於他們的偉大時代了。

　　心嫉著，車就那麼平穩嗡嗡地走。走著間，女的忽然取下自己左耳上的音樂塞，收起她的蘋果手機對著男的悄然說：

　　「今天我們導師又給我們講他二十多年前的光榮歷史了。」

　　男生些微吃驚的望著她。

　　女生笑一笑：「要是又有那事你會參加嗎？」

　　男生沉默而猶豫，好像在揣摩該怎樣去回答。

　　女生說：「比如說就那年那樣的事情呢？」

　　男生沉靜許久，笑笑搖搖頭。

　　女的也笑笑：「那要是畢業讓你去新疆和西藏？」

　　男生很堅定的搖搖頭。

　　女生沉靜一會再問道：「當兵呢？打仗呢？」

　　男生說：「我又不是傻逼。」

八〇後：怯弱的一代

閻連科

　　世世代代，上輩人總在抱怨下輩人的不足，如同兒女總是要在父母的指責中長大樣。「八〇後」與「九〇後」，今天正是在這被抱怨和指責中，豁然地長大起來了，走進校園、走進社會，走進道德和口水的垃圾場。叛逆、自私、宅獨、濫情、性殤、物化，看見錢就像看見了爹；看見爹像看見了樹。大樹或小樹，壯樹或枯樹，凡此種種，人們把整個社會淪喪的污水，以愛和文化的名譽，匯在代際的龍鬚溝裡，又一桶一桶地汲將上來，大度地澆在八〇、九〇這兩代人的身子上，感歎他們生逢其時的物質條件，再也不需像父母那樣，把吃飽穿暖作為人生的最大之理願；像父母那樣，把對國家宏達的忠誠，化為自己跌宕的血液；將男女的牽手和胳膊肘不慎的一碰，視為觸電般的愛情與忠貞。

　　他們有他們的世界觀、物質觀，有他們自己對人生理願的追求和偏愛。

　　關於世界，至於他們不光是一種地理，還是雙腳的踏行和交往，而被他們更正的世界和世界觀，不再是「第一世界」和「第三世界」的政治劃分了，而是「發達國家」和「發展中國家」及「貧窮非洲」的經濟區。簡言之，世界的構成，就是窮人、富人和正在走向富裕的人。就是老鼠、貓和機器人。

　　關於中國，社會主義昨天那遙遠廣泛的美好，就是今天的就業、車子、房子和一管口紅與一款名包的差別；是上班開

車、地鐵和到辦公室後喝茶、看報與公司的無數報表及數據的差別；是入黨時舉起右手和受挫時私捏雙拳的差別；以及面對無數高官貪腐落馬如秋風落葉時，你是憂慮、喝采還是起鬨熱鬧和冷眼旁觀的差別；再或者，就是面對中國和邊鄰國家的緊張摩擦時，你是民族主義還是冷眼主義的差別。

國家，就像一款丟不掉的衣服，是把它穿在身上還是提在手裡，這對於八〇的一代，有著本質的不同。

家庭、婚姻、愛情，日雜瑣碎和結婚離婚，對做小三的理解與支持，包容與不屑，性觀念的淡化與放開，凡此種種，都在這一代人的身上有著全新的詮釋和踐行。在家庭的觀念上，真正變化的不是孝道、養老、婚姻的維繫與散離，生男生女的歡樂與選擇，而是對情人、性行為和出軌的認識與態度。總之說，這一代人，和其父母是截然不同了。父母覺得衣服舊了還可以穿，「縫縫補補又三年」。而他們，覺得款式、品牌過時或將要過時就應該換一換。必須換一換。從動物園購物和到三里屯喝咖啡，不僅是兩種生活方式，而且是兩個階層的趨向。自己買房和租房共居，不僅是富裕和貧薄的物證，而且是人生尊嚴的精神證明。這就是兩代人的存在和不同，是上一代人指責、抱怨下一代的出據和憑證，如我們今天把一切的環境惡化都指責為氣候變暖樣，由此推斷出今天霧霾的籠罩，是經濟發展之必然，明天肺癌率和死亡率的大幅提升，也是一種必然和無可逃離的中國人的宿命。

然而，情況是真的這樣嗎？八〇後與九〇後，就真的與我們是那樣不同嗎？他們與父母、爺奶除了血脈的聯繫，其餘都草繩與剪了？還有屬於他們一代人的精神氣質，真的就是化

妝品帶來的愉悅和床笫歡樂後的痛楚？是今天工作、工資的苦惱和明天一對夫妻面對四個老人或六個老人的負擔？叛逆、自私、宅獨、濫情、性殤、物化，就真的是這一代的符號和特徵？能不能用一個更簡單、精準的字詞、句子去描繪這一代與上一代的差別與獨到？比如我們說老一代人只說兩個字：「革命」。說四九年後的一代也就兩個字：「理想」。說十年文革也就一個字或者兩個字：左或極左；兩個字或三個字：災難或大災難。但到了八〇和九〇的一代人（九〇是八〇的延續和發展？），我們又能怎樣去說、去判斷？

　　說叛逆，他們又有過怎樣驚人的屬於一代人的叛逆呢？有過如他們爺奶或老爺、老奶那樣，集體一群一群的為了革命——或共產主義，就丟掉父母、兒女，不管不顧地奔赴延安的行為嗎？說物化，他們有過對財富的貪求，像他們的父母一代樣，做公司，做股票、房產或者股東商，倒買倒賣，空手白狼，把全部的財富理想都集中在一個錢字上；對富比世排行榜（The Forbes World's Billionaires）敏感到到底入不入榜，是明富還是暗富，明富了又會在富比世榜上排第幾，落後於誰時，就不僅是財富多少之比對，而是政治、權勢、地位之比對。說他們濫情和性殤，又是誰在享受了他們的濫情和性殤？是哪一代人用怎樣的方式誘惑、引導和完成了他們的濫情和性殤？濫情和性殤，是他們自己完成的，還是由他們父母一代引誘完成的？如同一個教授在引誘他的學生時，首先要用他的學識開導一番她的女生對感情與性行為應持怎樣現代、開放的態度樣，當女生接受了導師的教導，使導師享受了她的肉體後，導師在日後的冷靜裡，又開始思考、指責她（一代人）的下流、淪喪

和無底線。現在，上一代人指責八〇、九〇者享受物化、沒有底線時，指責一代人寧可嫁給開寶馬的「父親」，也不嫁給騎自行車的「同桌」時，是沒有考慮他們作為淪喪的導師，給八〇、九〇傳授了什麼的。沒有考慮八〇、九〇的孩子們，又從他們爸媽、爺奶那兒繼承了什麼呢。彷彿他們一代人的錯落，是天然天生的，與時俱來的，與這個原有的世界沒有關係的。

不能明白，那些業已三十而立的八〇一代人，你們讀了不算少的書，經過了不算少的世事和經驗，當整個社會都在指責你們這樣、那樣時，為什麼沒有人站出來言論與立說，對這個時代和你們的父輩、爺奶們辯解一些什麼呢？為什麼不可以把上一代人的衣服裸扒下來，讓他們的瘡口也展擺在世人面前呢？想到當年韓寒和批評家白燁關於八〇後的寫作是不是文學的那場文憤之論戰，誰是誰非，已經不重要，但你們這一代人的朝氣和激情，在這十餘年裡去了哪兒了？

在這個被權力和金錢統治的世界裡，財富不僅被階層和特殊的人群壟斷著，而且聲音——可以發聲的一切地方，也都有權力和金錢的開關和操手，而成千上萬的八〇一代和已經緊跟接上的九〇們，教育不公的時候你們是沉默的；沒有就業機會的時候你們也是沉默的；就是同齡的女友跟著父輩入房同床了，你們也還依然是沉默的。而當終於可以結婚成家時，方明白結婚必須要有床位和廚衛時，雙方父母傾其所有，才在居高不下的房價中用一生的喘息，為你們的婚姻和家庭換來一處人生歇息的角落後，你們站在那角落裡，順耳聽著「啃老族」的嘲諷，面帶默認的微笑，並不怎樣覺得尷尬與委屈，也更是鮮有誰站出來大喝一聲道：

「我們為什麼變成了這樣兒?!誰把我們擠進角落變成了這樣兒?!」

　　上班擠不進公共汽車和地鐵，你們把身子側起來；領工資時發現就是每天工作十二個小時，也沒有分文的加班費，也都無言認下了。你們把飯後留在桌上的餐巾紙，收入體內用以鼓囊本應厚實的錢包和口袋；走進醫院為一個專家號，不是頭天半夜去排隊，就是心甘情願去買倒號手們翻了兩倍、三倍的高價號。春節回家買不到或買不起飛機票和火車票，有無數八〇、九〇的博士、碩士、大學生，就索性春節不回家。這個世界就是一台巨大的壓榨機，榨你們爺奶的、榨你們父母的，當他們老去乾枯了，你們後續而來正年輕，青春綠旺，血液飽滿，那台機器就用更為隆隆的響聲和轉速，開始榨取著你們青春的肌理和骨髓之血液。因為你們什麼都認同，什麼都不懷疑和試問。需要選超男超女時，你們把胳膊舉了起來了，將神聖的票權投到那兒了；面對電影、電視的輕賤和娛樂，需要你們張開口袋、發出笑聲，以證明國泰民安時，你們把最爽朗、純真的笑聲和掌聲，大度豁豁地獻了出去了；需要你們在微博、微信和朋友圈裡只這樣而別那樣時，你們就只是這樣而不那樣了；你們「好好學習，天天向上」，最終就成為了最為配合榨取的一代人。把理想確定在「蘋果」的換代上，把思想確立在不存懷疑的順從上，哪怕是最需要創造性的文學與藝術，也都在配合和順從中認同和創作。於是間，社會、時代、前輩、人人，都可以說你們自私、物化、濫情、性殤了。可以說你們「沒有底線」、「無可救藥」了。

　　因為，說你們什麼，你們都不會反駁。

因為，需要你們怎麼，你們就會怎麼。

因為你們爺爺、奶奶那時浪漫的革命激情，在今天看來，似乎單純到可笑，可那也終歸是一種青春的激情。而這青春的激情，在你們身上不知為何就河乾濤盡了，沒有水流了。父輩們在所謂的「三年自然災害」中瀕死的飢餓你們沒有過；上山下鄉高揚紅旗的熱情你們沒有過；從長安街上隊伍著手拉手的血脈鼓脹你沒有過。你們似乎什麼都有，可就是沒有那種為一個民族如何如何的浪漫和激情。你們可能什麼都沒有，唯一有的是對這現實與世界取之不竭的認同感。你們在學校會懷疑同桌的一句話和一件事，而不懷疑教育之本身。到了社會上，你們懷疑自己的能力而不懷疑社會的機遇。汶川大地震中可以赴蹈搶險，呈一時之壯，而事後卻兩相遙遠，相安無事；可以為「父親是李剛」而群起提問和搜索，但也可以為比「李剛」的父親更職高權貴者的惡作而沉默。

沒有人知道你們整整一代人或兩代人為什麼會如此的順從和怯弱，也沒有人能明白你們為何甘願為了怯弱而怯弱。

社會不需要議論民主、平等和自由，你們就不談論這些了。甚至連「公民」、「憲政」這樣的字眼也幾乎從你們這一代的嘴裡消失了，哪怕是對「公民」、「憲政」的批評與批判，你們也都懶得張口去說長和道短。對這些事情的冷漠與疏離，如同小樹怕風樣，要把自己的枝葉有意張揚在避風朝陽的向面上。

不需要思考現實的為什麼，只需要思考自己面對現實怎麼做。這一點在你們整整一代、兩代都來得齊整和盎然，心甘情願，任勞任怨，如同黃牛對冬季枯草的認同：既然是冬季的

到來，有麥秸與荒坡的枯乾，那就完全可以不去追求自己伏耕時為主人收穫的豆料庫藏了。

實在不知道，你們為何會在如此無序混亂的社會裡，如此有序的認同和沉默。

實在不知道，你們為何會在對你們萬人所指的唾棄中，如此集體的默認和沉默。

實在不知道，在這隆隆盤旋的巨大的社會壓榨機器中，你們正成為最被壓榨的整整一代、兩代人，你們卻仍然能發出集體沉默的微笑來。

沉默源於怯弱。

怯弱而必然沉默。

可你們怯弱什麼呢？是怯弱歷史與現實？還是怯弱人生的不測和權力？整個社會都在懷疑、指責你們時，你們忍下了；沒有房住你們忍下了；難有工作你們忍下了；教育不公，你們承受並以承受為榮忍下了。現在是二十一世紀的第二個十年，你們的爺奶早已躺在病床上，而你們的父母正走在離退回家的人生路邊上。整個社會，除了權力和財富不在你們手上外，其餘的一切都已經落在或正在落在你們肩膀上。不是說「世界是你們的」，而是說關於現實的維繫和運轉，已經只有你們了。就是有一天中國和邊鄰「擦槍走火」，有了戰爭，需要流血犧牲、衝鋒在前的，也是你們八〇、九〇們，你們才是今天中國現實落地的雙腳和支撐點，是中國現實中的現實，歷史中的歷史，可你們在支撐、維繫著這些時，為什麼會那麼沉默和忍讓？為什麼總是一言不發而又在不知何時會露出喝了一杯咖啡的快樂和喜悅？生活除了電影、電視、肯德基、麥當

勞、微博、微信和化妝品與奢侈品，還有激情、喜悅、焦慮和對現實懷疑的表達和論爭。有對鄰邊國家的爭論和對戰爭果真到來的流血的擔憂和坦然。每天都盯著民族與國事杞人憂天那是父母們的事，但每天都盯著手機，低頭不語，耳不窗外，也不該是你們一代人的全部和實質。人要有對日常、平庸的愛和執著心，但一代人都對日常執著而堅韌，怕就會喪失這種執著的可能和條件。聲音不僅是彼此的耳語和說笑，更在於在這耳語說笑中，有人敢於站出來斷然否認或支持。沒有這種獨立、斷然的聲音時，那種耳語和說笑是不能長久的。我們的民族，從來就不缺乏這種耳語聲，缺的是獨立、斷然的喝聲與爭論。從爺輩再到你們父親們，這種獨立、斷然的聲音雖然不高大，但卻沒有終止過。然到了你們後，這種聲音微弱了。甚或終止了。或將要終止了。發展的經濟和富裕，把一條喉道堵住了。被眼花撩亂至無序的現實覆蓋了。被無數、無數的頌歌淹沒了。但更被你們沒來由的膽怯和對物質天然的敏銳與對精神彷彿天然的冷漠、疏遠拋卻了。

八〇和九〇們，你們到底膽怯什麼呢？沉默什麼呢？這個世界到了該由你們發出聲音的時候了。到了該由你們振臂、論爭、尖叫乃至高呼的時候了。

把你們的激情釋放出來吧，對與錯，謬與誤，這些不重要。重要的是，有一天你們也和你們的父母一樣辦理完退、離手續時，走在人生落幕的邊道上，可以扭頭對著世界大聲說：

我們曾經年輕過，曾經激情過！曾經有過熱血和吶喊，有過把怯弱如絆腳石一樣踢到現實的路邊過!!

我們也想成為「八〇後」

閻連科

　　最為奇遇的物事往往不在人際的陌生處，而是你最為熟悉、卻又視而不見那地方。那地方因為你對它的疏遠而變得荒蕪和寂涼，可一當你把親近復歸帶到那兒時，一種傾訴般的奇遇就會接二連三、雨打芭蕉樣撲過來。

　　前不久，我回老家了。

　　那個我一生都在逃離和背叛、而又總是因無法逃離、背叛而變得與我更加血脈的老村莊，在我離開它幾年、十幾年、乃至幾十年後的漫長裡，它從來都是一動不動地坐落在北方土地上的角隅等著我，像父母、爺奶總是站在黃昏的村頭，等著外出一天的兒女、孫輩踏著夕陽回來樣。

　　我是因為那個村莊總是那樣等著我，才不得不隔三差五地回到那個村莊去。

　　這次又回到那個村莊時，首先出來迎我的，依然是伐了又栽、扒了又蓋的樹木和房子；其次是那些混亂、繁華的鄉街與鋪子；再接下，是那村莊裡的人。他們朝我走過來，說笑、問候、點頭，然後再聊些可說可不說，卻是思忖了很久很久的話。這一次，那思忖、想念了很久很久的話，是從一個只有二十五歲、卻已經手裡牽著一個孩子，懷裡又抱著一個孩子的年輕的父親嘴裡道了出來的。他留著半染淺黃的偏分髮，穿著鋥亮的黑皮鞋，戴著我說不清牌子的進口錶，吸著我遞給他的帶了過濾嘴的軟包雲菸，怯怯的立在我面前，等好幾個同村人

都和我招呼、說閒近了尾聲時，才過來橫在我面前，臉上帶著半是尷尬、半是靦腆，卻又有幾分莊重地問我道：

「連科伯，我能問你一件事情嗎？」

我笑著點了頭，看見他穿的稍皺還展的西裝上，別著如校徽一樣的工廠徽。

「你別笑話我。」他說道，「是一件很不值得問的事。」

我又點了頭，看清那廠徽上的字是廣州很著名的一家製藥廠。

「人家說你不光是作家，還是大學教授了？」

他似乎很懷疑；我也就笑笑再笑笑。

「那你說，」他目光變得硬起來，變得天莊地正，蕭蕭嚴嚴，聲音也有了略顯緊張的啞：「你說人家為什麼都把城裡的年輕人叫做『八〇後』，而把我們叫做『農民工』，難道我們就不是出生在八〇年代嗎？」

我啞然。

知道怎樣去回答，又不知道怎樣去回答，就那麼站在他面前，看著身旁幾個和他同村同齡、也穿戴相似的人，為他天真地正地提出這個問題感到荒唐和可笑，不該或滑稽。也就都吸著我遞的菸，發出了一陣哧哧的笑（也許那笑是為我不能回答發出的）。在這似乎把一爐炭火當作了太陽的不該和笑聲裡，在我想要說些什麼時，年輕的父親把懷裡的孩子換了胳膊抱著後，將他手指間還有很長的菸頭丟在地上用腳尖撐了撐，又紅著臉對我說了一句很決然、絕望的話：

「他媽的，我們也想成為八〇後！」

然後，他從我面前走掉了。抱著他不到一歲的男孩兒，扯著他已有三歲的大女兒，從街面由南向北走去了。不遠處，他的妻子——那個和他在廣州一道打工的年輕女子，正在喚他帶著孩子們回家吃飯去。

　　黃昏到來了，落日溫順地鋪在夏初的田野和村頭。我告別了街頭的人們，踏著村街，朝著屬於我的村內和家裡走回去。我知道，我那已經八十歲的母親，一定在我家門口等著我。她等我等得時時刻刻、年年月月，頭髮都已從烏黑等到茫蒼雪白了。

2014年1月5日

但不要只是因為你年輕

蔣方舟

但不要只是因為你年輕

十四年前，剛剛退學的韓寒，帶著自己剛剛出版的《三重門》參加央視一個叫做《對話》的節目。

在整個節目的錄製過程中，他被當作一個犯罪嫌疑人一樣對待，主持人咄咄逼人，社科院的專家認為他只是曇花一現，還有一個紮著麻花辮的女觀眾說韓寒是「土雞」——理由是韓寒用聊天室聊天，而不是像她一樣用 OICQ 和 ICQ。甚至，為了反襯韓寒的失敗，他身旁還坐了一個成功的樣本——考上北大的少女黃思路。

十四年後，我去參加央視一檔節目的錄製，內容是「非一般年輕人」的演講，其中大部分是九〇後，有科學家，有創業者。

演講者都朝氣蓬勃，而我很快就發現自己的位置非常尷尬，我和一群從三〇後到八〇後不等的老年人，坐在觀眾席中被架得很高的白凳子上，腳不著地，舉著一塊寫有自己出生年分的螢光板，帶著詭異的慈祥笑容聽這些年輕人的演講。

我們這群老年人，並不像當年《對話》節目中的專家一樣，是年輕人的評委，而是對年輕人喪心病狂的讚美者。

我們在每個演講之後發言，場景介於中學生演講比賽和「感動中國」頒獎典禮之間，每個人都生怕溢美之詞被他人搶

去，因而抱著話筒無休止地進行排比句造句：「青春是一顆種子／一朵花／一棵樹／一根蠟燭……」最後聲嘶力竭地以諸如「青春無敵！做你自己！正能量！耶！」作為結束，非常地累。

我印象最深刻的是某個應用軟件的 CEO，九〇後，非常瘦小，他抱著一個大狗熊玩偶上台，一上台就把狗熊扔到台上，說：「我覺得這個讓我抱熊的導演特別傻。」

他的演講裡不無豪言壯語，例如「明年給員工派發一個億利潤」之類。而台下的大學生，則在每一次聽到「第一桶金賺了一百萬」「阿里巴巴用千萬美金收購」這類句子時，羨慕地齊聲譁然。

他的演講，雖然充滿了明顯的誇大和對他人的不屑，可卻獲得了當天錄製最大的掌聲，以及最熱烈的溢美。

前輩們的興奮，在於終於找到了自己心目中典型的九〇後，就像親眼看到外星人時，發現它就是自己想像中的銀色大頭娃娃。那個年輕的 CEO 符合社會對於九〇後一切的想像：輕狂、自我、混不吝。

當節目播出時，他的視頻在社交網站上風靡，配以標題諸如「九〇後的話，惹怒了所有的互聯網大佬」、「九〇後的一番話，讓全世界都沉默了。」

當我看到播出的節目裡，所有被侮辱和輕視的中年人，都像受虐狂一樣大力地鼓掌，賣力的歡笑，我忽然想到十四年前參與韓寒節目錄製的中年人，當年台上的那些中年專家還在麼？他們依然怒不可遏嗎？還是成了舉著寫有自己出生年份的老年人，一聽到「追逐夢想」、「初生牛犢」幾個字，就在煽

情的音樂中熱烈鼓掌呢？

風水輪流轉，中年人在話語權的爭奪中，成了弱勢群體。

討好年輕人是社會的通病

北大教授錢理群在不久前的一篇文章裡宣布了自己的「告別」——他將告別學術界，而一直與年輕人為伍，為師的他，也宣布跟青年的關係結束了。

在文章裡。他寫道：「對六〇後、七〇後我有點理解，八〇後多少有點理解，對九〇後我完全不理解。網路時代的青年的選擇，無論你支持他、批評他、提醒他都是可笑的，年輕人根本不聽你的。所以我再也不能扮演教師的角色，我必須結束。最好是沉默地觀察他們。」

錢理群老師以驚人的真誠與坦率，承認自己並不了解年輕人，而且，年輕人也已經不需要被了解。

可大部分的中年人，依然在吃力地去解析青年人。

「年輕人」的形象被各個廣告公司和商家以動畫、PPT、視頻等各種工具描繪。他們青春、朝氣、夢想、活潑。PPT裡的年輕人，他們穿著褲襠快貼到地上的牛仔褲、戴棒球帽，有時腦袋上還掛著一個巨大的耳機，背景板上是二次元的漫畫和已經過時的火星文，配以凌冽的潑墨字體：「我就是我！」「我就是任性！」「青春無極限！」

討好年輕人，是社會的通病。

一方面，因為青年是巨大的消費群體，青年對於文化產

品和商品的喜新厭舊的選擇，對市場產生至關重要的影響，所以商家和媒體大肆地企圖用文案大號加黑的網路流行語，來拉近和年輕人的距離，似乎不說「約嗎？」「挖掘機到底哪家強？」就會被遠遠地拋棄在時代後面。他們忽略了那些網路流行語已經令人深惡痛絕的事實。其產生的效果，就如同父母一定要加你的微信，並且在朋友圈發標題含有「屌炸天」的視頻一樣令人尷尬。

中年人對年輕人毫無原則的讚美，大概一方面為了證明自己未老，一方面也出於愧疚：他們並沒有為下一代建造一個理想的生活環境。

不久前，「少年不可欺」成為互聯網上被熱烈討論的事件，原委是優酷作為視頻網站的巨頭，剽竊了幾個少年人的創意。所有人都一致地聲討優酷，不僅僅是為青年鳴冤，某種程度上，也是因為自己都有過由於年輕而不被認同和重視的經歷。

七〇後、八〇後都曾有過急於獲得認可的青年時期，因此，他們滿懷愧疚，使得當今九〇後幾乎一出世，就具備與生俱來的被認同感，迫不及待地被九〇後幹翻在地。

作家阿城寫過：「兒童時便真實地做一個兒童，不要充大；青年時便熱情地做一個青年，狂一些也沒關係；中年時便認認真真地做一個中年人，為家庭為國家負起應負的責任，自有中年的色彩與自豪。非要擠進青年行列，鬍子刮得再乾淨也仍有一片青，很尷尬。」

殺死中年的，並不是氣勢洶洶的九〇後，而是不肯老實尊嚴地做個中年人的自己。尊重年輕人，討好年輕人，其中只

有一線之隔。

不要只是因為你年輕

　　年輕人將要生活的時代，真的因為有大量的讚美和認同，而變得更好了麼？

　　高校成為勵志演講者聚集的地方，年輕人激動地在本子上寫下「不忘初心，方得始終」；所有人都在念叨著馬雲的語錄：「夢想要是有的，萬一成真了呢？」汪峰坐在轉椅上，像從阿拉丁神燈裡冒出的妖怪一樣說：「你的夢想是什麼？」好像你只要敢說，他就能讓你實現。

　　這是時代為年輕人製造出來一種幻覺：只要有夢，追逐幾步，就能成功。

　　打開電視或者網頁，你會發現滿世界都是「夢想成真」的人：歌唱比賽得了冠軍，創業獲得了 B 輪融資，實現了環球旅行等等。整個社會成為了一個大的傳銷組織，熱情地向你伸手，邀你做夢。

　　這是一個最好的時代麼？不，但也並不是最壞的。

　　時代永遠是一樣的，時代永遠給年輕人的機會，但是只給一小部分年輕人的機會。時代永遠是迎接小部分人，但是卻拒絕大部分人。時代只允許一少部分人成功，而讓大部分像亨利・梭羅所說的那樣——「處於平靜的絕望之中」。

　　夢想泡沫下的世界，並不是薔薇色的。年輕人要面臨的未來，環境前所未有的惡化，經濟增長正在放緩，技術進步帶來人力需求急劇減少。同時，還有修改這個社會遊戲規則的無

力感，政治和社會參與的無力感。

　　一代代青年人的責任，並不是從繼承來的世界中獲利，而是把壞的推倒，改造出一個更好的世界來。如果失敗，下一代再來。

　　台灣作家張鐵志曾寫道：台灣年輕人已經從「物質時代」進入到了「後物質時代」。當他們發現開一家咖啡館、舊書店、麵包店的「小確幸」也難以實現的時候，就開始爭取更大層面的進步，比如環保、公益、政治環境等等。

　　如果青年只是一邊重複上一代的虛張聲勢與言不由衷，繼承上一代的狹隘與欲望，那便不配獲得掌聲。如果青年不斷降低自己的標準，以便能夠適應社會的要求，那麼也不配獲得掌聲。

　　不是所有的夢想都值得為之奮鬥，讓其實現。年輕，也不是被讚美的全部理由。

二月

被庸俗控制的我們

2014 馬年央視春晚首次收視率低於 10% 創十年最低

　　2014 年春晚已經過去一段時間了，但是關於春晚的討論卻仍舊不絕於耳。雖然吐槽不斷，但是春晚的收視率依舊「堅挺」。據央視方面透露，因為當晚全國有202家電視台對春晚進行了同步播出，綜合計算出的並機收視率為30.98%。

　　據悉，除夕當晚央視直播春晚收視率為9.032%，低於去年的11.362%。這也是央視春晚首次收視率低於10%。在最近的十年中 2014 年春晚以 41.6% 成為總收視率最高的一屆，而備受矚目的馮氏春晚則以 30.98% 墊底。就算以央視一套為計算單位，馬年的春晚也以跌破10% 的 9.032% 成為收視率最低的一屆。

（摘自中國網 2014 年2月10日報導）

央視春晚，還有必要嗎？

閻連科

2014 年的春節是 1 月的末尾，看完這年的央視春晚，我在初一那天，因為學習書法，順筆就在一張紙上莊重兒戲地寫了四個字：

春晚如屁

之後我為自己的粗俗而後悔，覺得對不起馮小剛，對不起這年春晚所有為演出而付出的人，就在 2 月的很長時間裡，都在想著這件事：為什麼不取消中央電視台的春節晚會呢？它如此勞民傷財，動用大量人力、物力、財力和全國人的熱情和期待，難道目的就是花錢費力，給人民創造一個發洩、辱罵的機遇和窗口？如同西方遠航的艇艦，因為在曠寂的海上晝行夜漂的茫茫深邃，與世隔絕，所以會以昂貴的價格，在艦板上塑造一對或幾對逼真的男人和女人。男的是擁有權力、霸主地位的某位將軍或高官，女的是某位明星或絕代貌美之佳人，以使艦船上的水兵們，對權力和軍官們，壓抑、牢騷到不能不有所發洩時，就出來朝那將軍或高官的橡膠肚上踢幾腳，朝他的臉上吐口惡痰再或摑去幾耳光；或因為水兵們正當年少，情難寂寞，荷爾蒙多到將要漫溢時，就對著那美女佳人，做愛發洩，解決解決。如果央視春晚，也有如此之目的，那倒也就罷了，也是一樁人性而善意的好事，或多或少，也算達到了初衷和目

的。

可是春晚，初衷絕非這樣之初衷，目的絕非這樣之目的。一如足協的年年月月，人事更替，都是為了中國的足球之好，而非為了讓全國球迷們去咒爹罵娘——然其結果，又終是被人和人民，咒爹和罵娘。

於是就想，當一樁行為物事，再二再三地事與願違，果非初願，那為何不息止、停辦、去除呢？為何不坐下來好好想一想，辦與不辦，怎樣才對這現實的世界和國人更有益處呢？去除和停止，不是有很多理由並已恰到好時了嗎？

一、春晚是一筐時過境遷的爛桃子

眾所周知，央視春晚在上世紀八〇年代初的十億國人的節日和文化生活裡，曾經有過精神與文化核源的意義。正是這樣，也才會使一首歌曲，一個明星，在那短短幾分鐘的春晚演唱後，可以一夜爆紅，名揚華夏。之所以如此，是因為那時中國時置改革開放的元年初始，經濟枯乾，文化漠沙，人們的精神追求，只能在望梅止渴的沙地裡跋涉與翹盼；信息來源，如同四壁黑獄中的一縫光隙。春晚的如期而至，從天而降，必然是旱天甘雨，獄門之光，讓億萬的中國人看見了歡樂，看見了世界，看見了不一樣的文化與生活。如此的一年一年，一個除夕和又一個除夕，一個春晚和又一個春晚，表面看，它是讓億萬個家庭團聚在一起，圍著這個精神的火爐，豐富了千百年來炭火柴燒的除夕的火盆和壁爐，而在人們的內心深處與精神的肌縫間，它使人們看到了未來的可能，比如富裕、平等、自由

與那種人與人之間的美好。

春晚的成功，是建立在十年文革坍塌的廢墟之上。

十年的坍塌上，終於迎來一朝之建立，一如茫茫黑夜的海面，不要說黎明之光，就是一漁燈火，也可以引來萬千夜航的聚攏。然而今天，中國已經不是那時的中國，觀眾也不是那時的觀眾，人們也不是那時的人們。富裕似乎已經富裕，可富裕後的不公，已經昭然在了天下；歡樂已經歡樂，可歡樂中人們有了太多的扭曲和被扭曲。人們在春晚中深層的想像，在生活中沒有實現，在之後春晚的節目中，也沒有給人們新的暗示和寓意。往年春晚中相對單純的笑和美，被今天春晚中夾雜的權力與他意取代了，如說教與政治，虛假和歌德，成了春晚潛在的主題。寓教於樂，對幼兒園和未成年的孩子，不失為一種方法，但對於今天已經完全成熟的觀眾和人們，你把你小學的文化當作教授的資本，而把經歷萬事的人們，當作涉世未深的孩童，這未免有些本末倒置，把鴨子誤做了天鵝，將上帝當成了屌民和教民。

春晚和那些做著春晚及管著春晚的人，你們真的不是人們精神的上帝，不是人們思想的輔導員、指導員、教導員和職高權貴的政委。你們也是觀眾，也是人。也是人們中的一員。把觀眾視為弱智，那是你們比觀眾更弱智；把觀眾視為白癡，那是你們比觀眾更白癡。舊時候，那些戲台上耄耋的藝人，一生都不敢慢待台下的人們，可是你們隨時都可以真心實意地把觀眾當作由草根和屌絲組成的屌民們，教育他們的世界觀，提升他們的人生觀，強加給他們審美觀；而把自己當老師、當領袖、當執政者的代言人、家僕、喇叭和號子。

經常可以看到從春晚撈到資本與名分的演員們，在電視上和舞台上，一邊為自己一生上過幾次春晚而自豪，又一邊抱怨和訴說，自己為了春晚犧牲了這個和那個。既然如此，你就別去參加嗎？過一個常人的生活，在春節前後，日日地守著親人，與家人團聚，享受天倫之樂就那麼不好嗎？

　　經常可以聽到和看到春晚的創作者對審查的不滿，如小腳媳婦樣在邊旁的嘰喳嘮叨，然對審查制度公開的言論與辯說，卻又幾乎沒有從那些受審查的演員和創作者的嘴裡，二二得四地講出過。且一邊是私下的抱怨，又一邊是為了能擠入春晚的阿諛、行賄和獻身，其行為一如頭戴鮮花的妓女，在謾罵來自花地的牛糞氣。

　　何必呢，大家都是明白人；你們還是作為藝術家的明白人。

　　何必呢，中國人大都被現實歷練成了世事通達的精靈了，誰都不要去做得了便宜的賣乖者。

　　何必呢，現在離最初的春晚都已過去三十餘年了。「三十年河東，三十年河西」，那話不光是一句民間諺語，還是一道歷史的訓誡，是有著一些哲學意味的對世界認識的方法論。因為今天已經不再是昨天了，今天的時代不是三十年前的時代了。今天的百姓、觀眾，到底在年節間能不能離開春晚很難說清楚，但他們一定不再喜歡你們這樣「觀念守舊、立場鮮明」的春晚應是肯定的。

　　既然春晚已經是一筐過了季節的爛桃子，人們不僅不吃它，還要把它摔在腳下邊；既然又到了新的一年一季裡，又要「春晚草發，歲歲枯榮」了，那就與其因襲，不如變革。

不能變改，不如放棄。

可以以最近十年春晚為案例，丟棄不計成本的人力和物力，僅把春晚的財政開支（納稅人的錢）向人們公開報一報。然後取一平均值，每年在放棄春晚後，把這筆錢財，都用到邊貧地區的教育上，如此也好給人民有一個停辦春晚的藉口和理由；也有一個好台階，讓那些從春晚的舞台上下不來的演員和創作者們可以體體面面走下來。

二、停辦央視春晚更有利於全國觀眾的選擇和競爭。

央視春晚的根本弊端不是那些導演、演員和藝術家們的動力、心力和敷衍，全國人都相信那些演員們，甘願在春晚中傾其所有後，還樂意把自己的腸子當作幕繩來拉扯。之所以春晚終於耗盡導演、演員和所有工作人員的心力才把它弄成一筐爛桃子，是創作、選擇自由的限制之結果。是央視太想把春晚國有化和壟斷化。甚至在權力和思想上，也太想把十幾億人（觀眾）的思想集體化、壟斷化和國有化。不要去深究他們想國有人的思想、想像的政治根由和來源，但這和壟斷、國有中的經濟、名利的豐厚也必然是瓜葛相連的。

為什麼不可以讓央視停辦春晚、由各省和地方自己視情去辦呢？

一省去辦也好，數省聯辦也罷，不可忽視的有幾點。一是各省、市和地方電視台，也都是在同一政黨領導下的宣傳文化機構，用不著擔心他們會「荒腔走板」到哪兒去，會把火車頭開到汽車公路上。二是不可忘記，中國地域遼闊，文化多

元，「一方水土有一方人的愛。」八○年代那些年，春晚幾乎可以把人的思想、情感、情緒都聚攏在你央視的旗下和門下，那是因為前「十七年」和「文革十年」，已經把人的思想僵化統一了；而今三十幾年的改革與開放，中國人思想的多元、分化和地域文化在人思想上的再次根植與生成，已經不再是芝麻地裡只有芝麻了。套播與套種，混合與融合，乃至於混亂與雜交，前所未有，後會更盛。正如沒有南方人更了解南方人的味覺樣，只有北方人才更知道北方的文化和需要。我們不能把喜愛超女選秀的年輕人都聚攏在「二人轉」的舞台下，那樣就是文化專制了，就是對人的精神強姦了。但同時，我們也不應該讓東北二人轉的觀眾都去看京劇，讓京劇觀眾都去看豫劇。各取所需，文化多元，這是一個國家開放的標誌和必然，而春晚，走的卻是「思想藝術國有」的「大一統」。

一年一度的除夕到來時，一個民族，一個國家，乃至全世界各地的華人，他們都以血脈和文化的名譽分散或聚攏在一起時，你要給他不看春晚的權利和選擇。這種權利不是他不看可以關掉電視機，而是他不看這個春晚，可以選擇另外的。要允許地方電視台辦春晚。並允許它在除夕的同一時段播放和競爭。

要給觀眾一個選擇權。

這不是你辦與不辦、放權不放權的文化問題，這是一種文化權利的壟斷和專制。當央視不辦春晚了，也許這種文化壟斷和欲要將人的思想、精神統一為國有的策略、計畫、想法也就放棄了。而我們中國人的思想，也就藉此又一次真正地放開、寬泛了，精神的天空也就多多少少闊大舒展了。

現在——以春晚為例，是地方春晚和央視春晚沒有競爭權，是你在文化壟斷中獨有與霸主。不知道地方電視台在整個國家電視製作和播放中有怎樣的自主和自由度，但央視春晚走到今年春晚這樣的「絕處」時，實在是該主動放棄而把製作權交給（下放）各個地方台，讓大家據實而作，彼此競爭，市場機制，劣者淘汰，使作為華語世界的華人觀眾，在春晚有個選擇權，有不被你說教的權利和娛樂、審美的選擇之自由。

三、讓春節成為民間自己的節日和慶典。

只要留心，就會發現今天民間的生活，如節日、婚喪、娛樂、習俗等，都正在被規畫、改變、刪除和被襲暴而來的現代的文化所整治，如市場被城管整治樣。

以某一地方為例，早些年我有兩次到那兒過正月十五時，都遇到縣裡在元宵節裡一邊組織燈籠、高蹺會，一邊又在這民間節日中，組織各鄉鎮的民兵在簡易的體育廣場進行正步行進大閱兵。從形式到內容，這兩個元宵節，都幾近成了天安門廣場的十·一國慶大閱兵。那縣裡的主要領導站在閱兵台上檢閱民兵方陣時，如將軍和國家領導人站在天安門的城樓上，荒唐可笑，如耕牛的嘴套變成了皇宮帽子樣。還有端午節、七夕和各方各地因地域文化不同而存在的地方性傳統節日，這些極具民間意義的節日和文化活動，都正在被人為造成的消費性假日旅遊所取代。如當年盛行在北方鄉村的「二月二」、「三月三」和一年一度收麥後的各村自行慶典的「吃麥飯」等，這些節日除了縣誌上的記載外，似乎都已不再存在了。

當然，在與不在不重要。重要的是我們在現代文化優選進程中對本土性、民間性文化的認知和態度，是保護、放棄和剔除的選擇。回到央視春晚這一議題上，當春晚如今年的春晚一樣被萬人吐槽和唾棄時（誰能告訴我們一個真正的收視率？），人們大都意識到了一個問題，就是春晚確實豐富過中國億萬人的節日之生活，但也開始在破壞著億萬人固有、傳統的節日之生活。它破壞的不僅是春節的存在，而是這個中國人千年來最大傳統節日的地域性與多樣性。因為央視春晚的壟斷性和霸主性，又因為央視在春晚中的政治單一性和蠢笨的說教性，它的存在，如國家銀行壟斷、霸有豐富多樣的民間資本樣，使那些地域偏僻、文化多樣的節日和傳統被它擠占了，不再有意義而漸次消失了。這如同普通話對方言的侵襲樣，只要國家普通話的存在，便必然會使一些更具地域文化意義的方言逐漸的消亡。我們不能為了某種方言存在而去除普通話，但一個民族不重視和保護地域的傳統和方言，必然是未來文化的可悲和哀傷。

　　對於央視春晚言，急流勇退、臨敗即收，在該停辦時停辦，是正可以讓春節更加多樣化和民間化，讓民間和百姓更擁有一種純正的中國傳統文化和現代自由的選擇性。直言地說，停辦今日之春晚，才是對中國文化生活的一種真正貢獻了。

壓歲錢　　　　　　　　　　　　閻連科

　　少小時候，我對壓歲錢的渴望，如同轆轆飢腸對美食的夢幻樣。

　　如今，早就輪到我給他們年年去發壓歲錢了。每年回家過年，都要到銀行換下許多簇新並散發著漆味的新幣，五元、十元、五十、一百。疊疊打打，如同我是一個富翁樣。然而呢，又總是沒有免除那一己之私念，總是大體會依著血緣的遠近和關聯的疏密，給那些當年如我樣的孩子──從除夕的傍晚，直到初一的整日，乃至正月十五的年間，近親多發，遠鄰少發。多至數百，少則一張十元或兩張的五元。村人們都以為我是大款，應該比村裡的村長和商賈們富出許多，因為你比人家有名，自然會比人家有錢。也該比人家有錢。

　　至少，你該比人家大方。

　　在老家閻姓，是村裡最大的姓氏，二百多口人，數十戶人家，單是我的叔伯弟兄，就有浩浩十餘，每個哥哥弟弟，都是超生的好手，沒有三四兒女，那就不叫家庭或說一戶人家。所以初一早飯之後，孩子們去我家排著隊兒，叫爺叫伯，或叫舅舅、舅爺，很是壯觀熱鬧，讓我心慌心疼，也興奮動情。因為離家太早太久，其實多半都不認識，只是一股籠統地那麼發著壓歲錢，如是一個過程，一項儀式，完了也就完了，沒有太多思忖和計畫。

　　可在四年之前，2010 年春節，河南老家的村落，天好地

好，陽光亮得綢布一樣。雀子在那枝頭、房坡的叫，歡歡喜喜，有音符的滾滾落落，像歌者遺落的口香。我就那麼在院裡給孩子們發錢，他們散亂而又隊伍，十五、六個，有的上前鞠躬，有的真的跪下磕頭。還有的不跪不鞠，只是那麼怯怯的站著，等你把錢送上去，還要再去他的頭上輕輕撫摸一把兒。

發了完了，又都哄哄吵吵，一群一股地去了別戶人家。

可在完了時候，在我轉身欲要回屋時候，看到一個八九歲的男孩，穿著新簇，戴著棉暖的耳帽，忽然上前，臉上閃著潤紅的羞光，輕聲叫了我一聲伯伯。我知道他是我哪個叔伯弟弟的孩子，慌忙取出五十元錢，塞到他的手裡，拍拍他的頭殼，打發他快樂去了，像雀子從一棵樹上叫著飛走了一樣。

午時間，家有許多親戚和姪男甥女，也不分初一是各家自聚、初二是親戚相來的傳統規矩，就那麼散散亂亂、熱熱鬧鬧吃飯說笑，依然給沒有發過錢的親戚孩子們壓歲發錢。發錢是一道嚴密世傳的文化程序，沒有這一程序，就如人為壞了一架歷史的機器。可發著發著，我又看見那個八、九歲的男孩，依然站在人堆的一角，眼巴巴地看我，像餓崽望著父母，也就又順便快捷地塞他五十元錢，讓他快快地走了。

別無他事，晚上又是聊天、吃飯、看電視，說家常，然後，一一去送從我家走離回睡的客人和鄰人。夜寒冷涼，月光如井水一樣，清明冰手。院裡的燈光，像是火溫的黃色，其實更是渾濁泥水的結冰。送走告別，又慌忙退著回屋，想著電爐炭火的溫暖。可就這時，在我欲要進屋時候，從我家院角的牆柱後邊，閃出一道精靈的影兒——又是那個孩子。

又是那一雙瑩亮渴求的目光。

又是輕聲怯怯地叫我了一聲「伯伯」。

我說：「你怎麼在這？」

他怯怯地望我。

我說：「快回家睡覺去吧。」

他怯怯、絕望地望我。

我說：「你有事嗎？」

他囁嚅喃喃：「再給我一次——壓歲錢吧。」

我有些厭煩。想說啥兒，終是沒說。看看他，遲疑著又從口袋摸出一張二十元的票子給他。以為他接錢就該走了，該回家睡了，可他借著燈光，看看那錢，慢慢捲起，捏在手裡，卻用抬高並顯了堅定的聲音，對我不亢不卑地說到：

「你要再給我二十，我就夠了。」

「幹啥兒？」

「交學費。」

心裡動了一下，人也怔了一下，疑他不是閻姓的孩子，不是我哪個叔伯弟弟的血續，就蹲下拉著他的小手，問他姓啥叫啥，是誰家的孩子。也才知道，他是張姓。是我家村莊北端一戶新搬來人家的孩子，聽說我是記者——在我家，記者比作家有名有用，更為重要；而且，凡是寫作發表，也都為記者之列——你有名、有錢，也大方，也就連續來討要壓歲錢了。一共要了四次，三次五十，一次二十，共是一百七十元，而學費，卻要一百九十元。所以，還差著二十。問他父親叫著什麼，做著什麼，卻是不說；母親叫了什麼，做著什麼，卻是不說。就又只好再給他五十元錢，讓他用那多出的三十，買筆買物。

他就接了。

沒有點頭，更沒有鞠躬，只是有著滿意的興奮，在冷的夜裡，臉上有了紅光，笑一下，扭頭走了。我也把他送到門口，分手時候，他回頭問我：

「明年春節你還回村過年嗎？」

我大聲：「回！」

他就走了，腳步很快，越走越快，後又跑了起來，在冷冷的夜裡如熱的雨滴。

我回屋時候，家裡很暖，炭火電爐，一片光亮。電視在重播著春晚。沒人去看，也沒人去聽。大家只是在吃著花生核桃，說著一些別的事情。

2014 年 2 月

說春節

蔣方舟

　　我十六歲離開家去外地讀書，過年是一年到頭最大的期待。每年到了接近過年回家的時候，幾乎所有宿舍的人都會莫名其妙地大吵一架，現在想想，大概是所有人的急切期盼、近鄉情怯、積攢了一年的榮耀和委屈，都擠在一個逼仄狹小的空間裡，相互擠壓碰撞，難免會走火。

　　每年快回家時，給家裡打電話，我媽總是羞赧又警覺地說：「我們家可小可破了，你別嫌棄哦。」她是怕我在記憶裡美化了家的樣子，回家會失望。

　　怎麼會？到底是家。

　　每年回家是個征程，大包小包地擠上公共汽車，再擠上火車。對家的期待，被回家的艱辛，一點點抬得很高。

　　在火車站，遠遠就從一堆拉黑車的司機中，看到我媽接我。從遠走到近，我們都在評價著彼此，我看她老了沒有，她看我長高了沒有。在走近的一瞬間，我們就迫不及待地迸發出對對方的評價：「你老了啊！」「你怎麼長這麼胖了！」

　　從火車站走回家，不過十幾分鐘的過程。一切都是熟悉的，這座小小的城市也難逃中國大陸轟轟烈烈的舊貌改新顏的城市化進程，廣場、馬路、地下通道，全是新建的。可是同時，它也在城市的細節上，微妙地維持了自己幾十年如一日的雜亂和破敗，隨地丟的垃圾，延展到馬路上的早點攤子，路邊攤上顏色和原料都很可疑的油炸點心，這些從未消失或改變。

這些髒亂差，因為是自己熟悉和親切的，也就理所當然覺得是好的。

南方冬天陰冷，室內也沒有暖氣。回到家首先感到的是一股寒意，換上棉衣棉褲，我媽往我懷裡捅上一個熱水袋，這樣邋裡邋遢、灰暗又臃腫地坐著，宛如一團慘淡的空氣，方才覺得回了家。

每年開始灌香腸的時候，就揭開了過年這項神聖而龐大的運動的開始。

用香料醃製的豬肉餡，灌進薄薄的肉皮裡，再用繩子綁成一節節。我家很小，沒有地方晾曬和風乾，就纏繞在廁所的管道上，耷拉得很低。有時猛一抬頭，看到一串串鼓鼓的、血肉畢現的肉腸，難免會大吃一驚。

灌香腸的同時，家裡開始醃魚，我爸總是買來一條巨大的魚，切成塊，放在洗澡盆裡醃製。

其實無論是香腸還是醃魚，我都不大喜歡吃，覺得除了鹹還是鹹。我總是覺得這種醃製的食品，是戰亂時候，人們被迫背井離鄉，長期逃難的產物。因為醃製得鹹臭，所以也不怕腐壞，能吃很長時間。到了和平年景，這種飢餓養成的飲食習慣，仍然保留了下來。每次在家迎頭撞見這些懸掛著的食物，都要宣布：「到時候過年我可不吃哦。」

我爸一副覺得我不識好歹的表情，說：「這麼好吃的東西！」

我媽在旁邊打圓場：「你爸弄得那麼辛苦，你到時候就吃一些吧。」

我父親是個再典型不過的中國傳統男人，他把親情看得

高於一切，過年，對他來說，不是一項事業，是一種信仰。

我媽也樂得我爸主持過年大業，每年只負責置辦年貨。所謂「年貨」，其實不過是零食和水果，來招待串門的親戚。所有的零食放在一個大的儲物箱裡，蓋子一蓋，就充當了椅子，我在家寫作，就坐在這一箱子年貨上，寫一會兒，就忍不住伸手進去抓一把糖果或者巧克力，經常還沒等到正式過年，這一箱年貨，就不剩下多少了。

這些年，過年串門的習慣，已經消失得差不多。過年的意義，更多的是為了老人而拼湊的團圓。

我的奶奶一共生了七個兒女，四個去了襄陽，三個留在隨縣。隨縣是真正意義上的老家，兩個地方相距不遠，火車不過一個半小時，可是決定每年的年夜飯舉辦權，就成了爭論不休的大事。因為主持年夜飯，意味著巨大的工作量。後來幾年，爺爺奶奶年紀大了，索性就都到隨縣過年。

在很長的時間裡，我都是家族裡年紀最小的晚輩，像個小老鼠一樣茫然地在家裡轉來轉去，看大人忙碌，自己茫然又惶恐。我最喜歡看大人包蛋餃，蛋液一勺，在鍋上一攤就，夾上肉餡，一挑，就成了金黃可愛的蛋餃，在水裡煮著，像一隻隻金魚。

過年還有一項必備的菜，就是菜餅。把薺菜切碎，拌上三鮮餡，抱在輕薄透明的豆腐皮裡，油炸。

小時候，我總是嫌薺菜有股野菜的腥味，長大後，忽然喜歡上了這種清香。

在密集的籌畫和準備之後，年夜飯轟轟烈烈地開始了。

說實話，從美味角度來說，我從來不覺得年夜飯有多麼

好吃。食物都是生冷的大肉菜，豬蹄、牛肉切片、香腸、豬耳朵等等。先秦把食物的原則定為「春酸、夏苦、秋辛、冬鹹」，我們家的年夜飯，就嚴格遵循了「冬鹹」的標準。

大量的冷盤都有講究，比如鳳爪是抓錢的，豬手也是抓錢的，切成圓柱的滷味是元寶。所有這些據說吃了可以發財的菜，都有一個共同的特徵，就是不好吃。

年夜飯不貴在質，貴在量。以多服人，所有的盤子一個架一個，歪歪斜斜，湯汁隨時有溢出的危險，桌子堆得什麼也放不下了，姑媽又從廚房端了一大碗熱騰騰的雞湯出來。

因為菜多，所以能吃很久。聊天的話題，總是以「憶苦思甜」開頭，回憶自己小時候吃不到的東西。我們小孩子這輩，對這種話題向來是不感興趣的，急急把自己餵飽了就下桌，春節聯歡晚會開始了。

對於春節，我記憶最深的，就是一張油膩的大桌子。才擦乾淨，又擺上一盤盤菜。做飯的人，吃飯的人，都是那麼興沖沖的，幾乎不正常的興奮與盎然，像是努著勁兒地對生活的一種示威和負氣：要齊心戮力把日子過得好，過得幸福，過得體面。

大年三十晚上永遠是最熱鬧的，炮仗震天。這年過得這麼熱鬧，不像是過給自己的，像是過給生活看的。

某一年的春節，我爺爺病逝了，飯桌上多了一副空碗筷。年夜飯前，多了一項儀式，就是對我爺爺說說話，交代一下過去一年的生活和進步。

沒過兩年，我奶奶也去世了，年夜飯桌上有了兩副空碗筷。

老人都逝去之後，大家對於過年的熱情一下子就消失了，都變得悻悻然。不知誰先提出的：以後過年，大家就在自己家過吧，別折騰了。

　　於是，生活在一個城市的兄弟姊妹，就各自團圓。再後來，我的哥哥姊姊都嫁娶到別的城市，伯伯阿姨，也就隨著去了外地過年。

　　這兩年，我在北京租了房子，有了暫且落腳的地方，沒有那麼強的漂泊感，讓父母來北京過年。我自顧自地想，一切都以「不折騰」為原則，儀式感強的東西越少越好，年過得越方便省事越好。我一心想著自己的方便，自以為摒棄了繁文縟節的聰明，直到與我爸聊天，他顧左右而言他了半天，才帶著商量的口氣問道：「明年，我們還是回家過年好不好？」直到這時，我才發現，自己一直刻意忽略了他的勉強與失落。

　　　　　　　　　　｜ 兩代人的十二月 ｜

說春晚

蔣方舟

　　每年到了六月份，就可以在新聞裡看到一年一度的春晚策畫會，又開始了。每當這個時候，我心裡就有一股焦慮：一年又要結束了。

　　我從小時候開始，就一直有個疑惑：為什麼一台晚會，要提前這麼長時間策畫？後來，一個進入過春晚導演組的人告訴我一系列流程。

　　首先，要策畫開會定主題，那些「歡天喜地」、「闔家幸福」之類的主題，我們要麼忽視，要麼以為年年都一樣，其實都是經過長時間篩選和討論出來的。這個會一兩個月都開不完。

　　然後，開始撒網選節目。各個編導下到各地的藝術群體和文藝中心，去挑選節目。導演組列為候選，各個地方的藝術群體就像玩命一樣地瘋狂排練，再由導演篩選。當然，大部分的團體都是失望而歸。這個過程也要持續兩三個月。

　　最後，是漫長的篩選過程。

　　一個節目往往要經過十七層審查和過濾。過濾的過程，首先要考慮安全，政治安全、播出安全、人身安全；其次，要考慮導向，政治導向、社會導向、道德導向；再三，要考慮審美，年輕觀眾的審美、老年觀眾的審美、更老的幹部的審美；最後，必須各種小心翼翼地避開雷區，比如不能表現不正當的男女關係，不能諷刺社會，不能歧視農民、工人等等弱勢群

體，不能調侃南方人，當然，也不能調侃北方人。

這樣篩選出來的節目，還能看麼？

所以，春晚變得越來越不好看。當然，它依然保持著很高的收視率，可是試想，在這樣一個所有娛樂休閒場所基本關門，所有餐廳基本休息，所有電視台基本只有一個節目的情況下，這台晚會哪怕是四個人打三個小時的麻將，收視率也會在90%以上。

對春晚的抱怨，除了難看以外，還有，就是因為承擔了過多的行政負擔，而顯得古怪。

比如，在一個小品之後，一定會緊接著一段飽含熱淚的煽情；在「紅色娘子軍」的芭蕾舞之後，又是一個法國美女在台上唱〈玫瑰人生〉；而眾望所歸的韓國長腿帥哥的演唱之前，是弘揚傳統民粹的京劇表演。

——從中幾乎可以看見創作者撐巴的心態，既承擔著逗樂全國人民的任務，又得給人民群眾上一節深刻而發人深省的政治教育課。兩手都要抓，兩手都要硬抓。

當然，以上的一切，都可以被春晚的創作者們以「眾口難調」的藉口打發。可是，有一點是無論如何也沒有藉口的。

春晚，你能不能真誠一點？

所有的掌聲都是由一個領掌的人去鼓動；所有笑的鏡頭都要帶上一個在觀眾席上坐了十幾年的「大笑哥」；所有的眼淚都精心策畫過的，無論是時間，還是淚水滑落的軌道。

甚至在春晚結束之後，這種不真誠都還在繼續。春晚之後的新聞，一個姑娘說：「非常喜歡某某演唱的歌曲，唱出了我們老百姓的心聲。」一個中年男子說：「今年的晚會非常

好，非常有教育意義。」而每年，新聞上都顯示對於春晚的滿意率都高得驚人，讓人疑心自己和全國人民看的是否是同一台晚會。

今年，當我和爸媽在電視上又開始看春節聯歡晚會，看到同樣的主持人，以同樣的話語，在同樣的舞台上，用同樣的姿勢給全國人民的觀眾朋友們拜年，我忽然醒悟過來：春晚的意義並不在於好看，也不在於新鮮，而恰好在於這種年復一年的重複，十年如一日的陳舊形勢，讓人喪失了時空感，而在很多年之後，忽然發現時間的流逝如此之快，人就這樣從咿呀學語的孩童，變成了垂暮的老人，讓人忍不住唏噓，忍不住回憶，忍不住懷舊，忍不住追憶似水年華：

「許多年之後，他依然會記得等待春節聯歡晚會的那個傍晚……」

三月

驚碎的三月

馬航失聯

 2014 年3月8日凌晨二點四十分，馬來西亞航空公司一架載有二百三十九人的波音 777-200 飛機在北緯06°55′15″，東經103°34′43″與管制中心失去聯繫，該飛機航班號為MH370，由吉隆坡飛往北京。應於北京時間 2014 年3月8日六點三十分抵達北京。失去聯絡的客機上載有二百二十七名乘客（包括兩名嬰兒）和十二名機組人員。其中有一百五十四名中國人（其中中國大陸一百五十三人）。讓我們為失聯者祈禱平安（央視新聞）。

驚碎的三月

閻連科、蔣方舟

閻：二月的人們對春晚，娛樂戲謔的快感還沒有結束，三月巨
大的不安和焦慮，從中國（大陸）人以外的四面八方，捲
襲著來到了這九百多萬平方公里的土地上，讓幾乎所有的
中國人啞然和震悚。

中國人注定在這個時代和世界上，因為某種無從把握的
原因而備受世界關注和詬病。事倍功半，以恩引仇，無功
而返和越是與人為好，越是不被信任；越是不被信任，就
越要向人示好的悖論與怪圈，正成為中國與周邊關係的環
形跑道，無法走開，又不能不走。一如外交的雙腳在跑步
機上的運動，氣喘吁吁、馬不停蹄，換來的是留在原地的
辛勞與落汗，還有人家看待我們這個國家那怪異不解的目
光，像是一個龐大怪異森林的魔獸。

蔣：小時候學英文，第一課是去問外國人：「你喜歡中國
麼？」給外國人安排的回答是：「喜歡，這裡的人民很友
善、這裡的食物很可口。」

我一直覺得中國人是很在乎他人對自己的看法。戲劇或
者電影，在外國贏得了好評，宣傳報導總是帶著別樣的激
動：「讓美國人也感動落淚。」紐約的時代廣場上，只有
中國播放的是國家形象的宣傳片；前段時間的新聞，七千
人的旅行團在洛杉磯升國旗唱國歌。

世界是平的，但中國人的世界是兩瓣的：中國的，非中國的。

大學畢業送別出國留學的同學，他說：「要好好奮鬥，目的是對外國人驕傲地說我是一個中國人。」這種義言嚴辭慷慨激昂的愛國主義我聽了很彆扭，總覺得這樣的時代應該過去了。

印度裔的經濟學家阿瑪蒂亞・森（Amartya Kumar Sen）寫過一本書，叫做《身分與暴力》，裡面講到身分的認同感可以給人帶來驕傲，可是同時也可以殺人，因為更容易激化群體之間的疏遠。比如，我們不僅僅南斯拉夫人，更是塞爾維亞人──所以憎惡穆斯林。我們不僅僅中國人，更是曾經積貧積弱現在睡龍醒來的中國人──所以仇恨日本美國法國英國⋯⋯

我們總是抱怨別的國家不夠了解我們，然而更重要的問題是：我們是否足夠了解自己？

我記得您曾說過：「北京太大了，哪怕在一個城市也有一部分人的生活是你完全無法想像的。」你無法想像他人的苦難和掙扎，可是那並不意味著它不存在。

台灣的某個綜藝節目上，一個嘉賓說：「中國人太窮了茶葉蛋都是奢侈品。」這個節目的截圖被放在網上大肆流傳和被嘲笑。這固然是不屬實的，然而有多少農村大學生，一個月的生活費不過幾百元，在食堂猶豫了半天還是只點了米飯和素菜，回到宿舍上網看到這張截圖，發帖說：「台灣人太傻啦哈哈哈哈哈。」

閻：與香港、與台灣、越南、朝鮮、日本、菲律賓等，摩擦地
如一戶勢眾人家，因為弟兄過多，而被四鄰過於警覺；也
因弟兄過多，這戶人家就多少有些慢待小戶，從而使四鄰
人家不得不警覺靠攏，彼此團結，以應對大戶的力量。

　　我們——這個國家，正在遭遇一場被全世界鄙視目光的
圍剿，哪怕是我們以為的我們自己的同胞。台灣的反服貿
運動，大學生對行政院的占領，最說明的就是一個國家信
任危機的到來。你是恰好在這時候去過台灣的，對此有更
切身的體會與感受，能對此介紹一下嗎？

蔣：我很贊同「我們以為我們自己的同胞」的說法。根據台灣
某個智庫的民調結果，如果一定要在「台灣人」和「中國
人」的身分中二選一，有 88.4% 自認是「台灣人」，其中
二十到二十九歲的年輕人中，這個比率達到 93%。

　　我認為這是大陸人討論台灣的前提：它究竟是他者，還
是我者？

　　一直以來，我都有一個困惑：人能否超越自己的立場？
就拿台灣學生反服貿這件事來說：年輕人毅然承擔、凌
厲顧盼、關注社會、挑戰權威，這是值得讚賞的；然而，
作為大陸人，被反對、被挑戰、被警惕的對岸，又很難輕
易地對此舉擊掌稱好。因此，我留意到很多大陸學者，對
此事的態度都很微妙，比如：「情感上支持，理智上反
對」、「道義上支持，立場上反對」、「本應支持，實則
反對」——各種掙扎和矛盾。

　　我是在反服貿運動最如火如荼的時候去台灣的。最驚訝

的是兩點：其一是學生組織地井然有序——只有在衝進立法院那天晚上爆發了衝突，在靜坐的地方，有巡邏的學生維持秩序，志願者舉著牌子「小心小偷」；警察經過的時候，學生會主動給警察讓路；占領立法院的學生，把立法院打掃得纖塵不染；還有老師在靜坐的地方上課，有一張街頭教室課表，教授們從經濟貿易講到言論自由，講到審議民主，把街頭當作最好的課堂。

其二，是在台灣媒體輿論中，支持學生幾乎是絕對的政治正確。看電視新聞，哪怕官員來批評「太陽花」運動，也要先恭維幾句學生的可愛和勇氣，然後再勸他們回家。非常有趣的現像是，學生們每個都很悲壯做好了流血犧牲的準備，但其實社會對他們是非常寵愛和保護的，隨時準備把他們擁入懷中，說「不怕不怕」。

帶著我遊覽台灣的工作人員是個八〇後，她的妹妹是九〇後——台灣大學的高材生，也是反服貿的積極參與者。這個八〇後非常失落，因為七〇年代的保釣運動，在校園中注入了關心現實、關心政治的意識，培養了反抗的一代；到了九〇後，又開始積極參與社會議題，八〇後在社會聲音中是真空的，在政治參與中是缺席的，在歷史中也是失落的。

這些台灣的九〇後的確可敬可愛，然而他們自己也承認，反抗的力量很大程度是來自於恐懼，對於機會被搶奪，空間被擠壓的恐懼。他們很難回答的一個問題是：「反對了，然後了？」假使拒絕了和大陸的貿易往來，替代的方案是什麼？

我去台灣參加一個演講，觀眾提問的環節，一個台灣年輕人感慨道：「未來是屬於蔣方舟們，陸生（大陸學生）們的，和我們沒什麼關係了。」

　　我聽了之後覺得非常難過——我內心深處某個角落知道，他過於悲觀的預測，或許真的會變成事實。即使台灣能夠挺住不委靡，隨著大陸變得越來越大，海峽也會變得越來越窄，終有一天，甚至無需「統一」或是「統戰」，海峽也會消失。

　　在我從小接受的歷史教育的記憶力，中國之於世界，一直是「積貧積弱」「備受列強欺辱」的關鍵詞，而身為一個大陸人親睹台灣「太陽花」，是我第一次感覺到這個國家幾乎令人恐懼的龐大。包括後來馬航飛機失聯的事情，很多中國人開始抵制馬來西亞，抵制馬來西亞的旅遊、產品、商業等等，因為自知有錢、有消費能力，所以有了抵制的資本。

　　您是怎麼看到馬航失聯此事激起的漣漪？

閻：馬航失事，毫無疑問是一場生命悲劇，甚或是人類歷史上飛機失事最為神祕、蹊蹺的悲劇，而我覺得更為悲劇的，是我們的心理。

　　是我們養成的對悲劇和新聞的消費需求心理。

　　我們這個民族——是我們——包括我自己，太有一種對悲劇的消費能力。「化悲痛為力量」、「把壞事變好事」、「從絕望中看到希望」，凡此種種，都是帶著阿Q的基因。

3月8日早上，看到來自馬來西亞的「失聯」新聞，幾乎所有的中國人都是驚異與無語，沉默如壓在人們頭上的哀幡。然在三天之後，在馬來西亞不斷公布那些錯亂信息時，那種對生命擔憂的感傷淡化了，取而代之的是驚悚、神祕的連續劇情節意外迭出的喜悅和談論。飯桌上、茶樓裡、辦公室和咖啡館，凡有人群的地方，都在討論、競猜馬航下一步的情節和可能，至於那一百五十四名中國人和七十三名來自世界各地的旅客的生命與生死，已經成了被劇情擱置的懸念了。

蔣：馬航失聯的前後發生了礦難、高速連環翻車、泥石流等等災難事故，而唯有馬航引起了持久而廣泛的關注，其中一個原因在於，它是中國新興中產階級的一次失蹤。去年一年，中國人出境旅遊就超過了九千八百萬人次。馬航的災難，讓自以為遠離危險的城市白領也忽然喪失了安全感。

　　這次對馬航事件的反應，可以清晰地看出人們對於災難的反應。

　　首先，是感傷的洪流，媒體在缺乏足夠值得報導的事實時開始大肆抒情，「你快回來」、「家人做好了飯菜在等你」、「全中國為你接機」這一類的句子在很多新聞媒體的發言中比比皆是。在這時候，拒絕加入感傷洪流的人，被視為冷血的、不道德的。

　　然後，是大量假消息和陰謀論的猜測。我不知道您是否也每天讀到大量「美國政府驚天陰謀」、「馬來西亞政府死也不會公布的真相」之類的文章。陰謀論是誘人的，

因為它看起來曲折動人驚悚，而且製造它只需要些許的事實。陰謀論把事實論述題，簡化成了道德判斷題。

伴隨著陰謀論的蔓延，隨之是鋪天蓋地的憤怒——斷定馬來西亞政府隱瞞了真相。憤怒，同樣是一種省事的情感，雖然吶喊是一件耗費體力的事情。需要說的是，我並不輕視所有的憤怒，它在這個時代是稀缺的情感。我輕視的基於猜測和民族主義的憤怒。

最後一個階段，要麼是「壞事變好事」——將最後的鏡頭定格在孩子的笑臉，表示「戰勝了災難」，或者乾脆把它拋在腦後。

問：我們民族真的太有忘記功能和轉化能力了。我們每天、每週、每月都在消費著巨大、龐雜、眾多的新聞和苦痛。記得六、七年前，陝西的「黑煤窯」事件——窯主和地方官員聯手使得那些幾十、上百的殘疾聾啞人和智障人，連續數年在高溫四十幾度的磚窯用肉身搬磚出窯，不給工錢，只是如餵豬、餵狗一樣給一日三餐的粗茶淡飯。但在人們還未從這如奴隸社會般的傷痛中回過神兒，又有山西某個煤窯塌方活埋三十餘人的新聞了。在我們還未來得及為這三十幾個人生命掉下眼淚時，又有小煤窯爆炸上百條人命戛然而止的悲劇新聞了。

我覺得，這十幾年間，中國人的精神生活就是被荒誕現實和悲劇痛苦所左右。三天五天，十天八天，如果沒有一樁奇事異聞和巨大的傷痛意外，人們就會覺得現實生活出了問題了。平靜安然，不是中國的現實，而怪異連連、

悲痛不止，那才是今日中國現實的一環和一環，一鏈和一鏈。

蔣：我想到了米蘭・昆德拉的一個短篇，叫做《先死者讓位於後死者》（*Let the old dead make room for the young dead*），講女主人公因為亡夫的墓地過期，回到過去生活的城市補辦各種手續，墓地管理員卻拒絕了她，說：「讓先死者讓位於後死者。」

女主人公在歸途中，與多年前曾有過一夜情的舊情人重逢。兩人重溫舊夢，舊情人在床上再次高喊：「先死者讓位於後死者！」

陶淵明說：「向來相送人，各自還其家。親戚或餘悲，他人亦已歌。」他說死是自己的事，不能奢求他人的悲，這已經足夠殘忍，昆德拉卻更冷酷，他說：連親人與愛人的餘悲也想借遺忘來獲得解脫。記憶在尋找忘卻，就像籠子在尋找它的鳥。

新的新聞刷新舊的新聞，新的死亡覆蓋舊的死亡。新的悲傷取代舊的悲傷。

而現在的時代，這種覆蓋和刷新的速度無疑是加快了。地震逝者屍骨尚未完全被黃土掩蓋，因禽流感死去的人已經等著被掩埋。

閻：馬航失事的奇異和怪誕，正是中國對奇聞和悲痛需求、消費的一道大餐。這幕悲劇的上演，正迎合、滋養和滿足了大家對悲痛奇聞吞吐的胃口。所以，越南對失聯的飛機那

麼友好、善意地幫助尋找和打撈，不過只是給我們的新聞需求增加了一些邊料而已。而其他的邊鄰國家，西方如英國、美國的參與和關注，也不過是這張需求桌上的一道甜點和開胃酒。

故事的講述人是馬來西亞，其他都是講述者需要的情節和細節。而我們，中國人，是全世界觀眾中最多的看客和對故事參與最深的討論者。

如此而已。

悲劇的不光是那 MH370 上的全部生命，還有我們機下看客的心理。我們對巨大新聞的旁觀能力和奇聞軼事的需求量，以及把悲劇轉化為喜劇的轉化力，可能才是我們最值得悲劇的悲劇，才是我們應該醒悟的醒悟。

當然，我這樣說並不是說悲痛、悲劇和巨大的社會新聞不會刺痛我們的內心。比如昆明火車站的砍殺事件，是很傷民族心理的。是向我們社會深處猛刺了一刀的。

蔣：我特別清楚地記得砍殺事件發生的那天晚上，我看到這則新聞，震驚得睡意全無，開始神經質地不斷刷新網頁，企圖得到新的信息。

到了凌晨三點多鐘了，我還是無法獲得哪怕些許的平靜，「來日大難，口燥脣乾」——這大抵是我那時的寫照。我給一個朋友發去信息：「太可怕了。」半晌，他回覆說：「世界在燃燒。」

彼時，推翻烏克蘭政權的抗議者們正在廣場聚集；阿拉伯世界推翻獨裁政府的社會，又重新陷入混亂和無序當

中。整個世界像是被無意觸動了一個按鈕，開啟了「亂世」模式，磚塊與燃燒彈齊飛，血與淚交雜。

我曾經去過南疆，然而和大部分遊客一樣，像行軍蟻一樣迅速遊覽景點、拍照、喝啤酒吃哈密瓜，走馬觀花的旅程讓我對這個民族仍然是幾乎無知的。

砍殺事件發生後，我開始逐漸試圖了解這個幾乎陌生的「熟人」，而知道得越多，無望和恐懼就越深。

最令我感慨的，是看到「六‧二六」新疆鄯善暴恐案審判現場，一個新疆的小夥子說，他殺人是為了換取進「天堂」的資格：「因為天堂有仙女，有美酒，可以喝酒，怎麼喝都不醉，流出的汗都是香的。」

簡單地指責這是「愚昧得無可救藥」、「可笑得不可思議」並不公平。先勿論相較於內地日新月異的繁榮，即使相對於首府烏魯木齊，南疆的鄉村都是極其封閉的，伊斯蘭教代代傳承，然而人們並不真正了解宗教的知識。

市場化浪潮席捲，維吾爾族更是被嚴重邊緣化了，就業變得困難、而內地廉價物資的湧入更是對傳統手工業有了很大的衝擊。大量青年無所事事，一個有些諷刺的結論，是說南疆的檯球愛好者占人口比例也許是全世界最高的。當現實的機會變少，宗教信仰就變成了別人無法拿走的依託，「殺人上天堂」的極端宗教能夠趁虛而入。

或許是出於「維繫民族感情」的目的，維吾爾族的社會危機很少出現大眾的視野當中。新疆到底發生了什麼？正在發生著什麼？身處內地的我們，幾乎一所無知。

砍殺事件發生後的幾天，令我震恐的除了事件本身，還

有身邊很多人的反應——「拒絕對話，直接開槍」、「格殺勿論」、「株連九族」的言論不絕於耳，說話者往往是平時明理而溫和的朋友，有一剎那，我真的相信他們能看到血流成河而面不改色。在這樣的言論環境裡，只要稍微勸說理性思考，就會有人冷嘲道：「祝被砍殺的是你家人。」

——社交網路成為了情緒的賽場：越憤怒就越正義，越非理智就越道德，越殘忍就越值得讚賞。反思者迅速被劃為犯罪的同夥。我至今很羞愧和後悔的是，出於自身的恐懼和自我審查，我也沒有公開發表自己與群體憤怒的不同看法。

我身邊有很多人從未去過新疆，很多人一輩子沒有看過少數民族的任何文字，甚至很多人一輩子不曾和少數民族說過話。在他們的心目中——或許他們不願意承認，「新疆人」原本就等同於「切糕黨」和「小偷」，而砍殺事件發生之後，「新疆人」又意味著什麼，彼此的警戒或是仇恨會發酵到怎樣的地步？我不可想像。

說回砍殺事件發生的那天晚上，我給朋友發的第二條信息是：「以前種下的種子，開始結果了。」

他回覆的是《馬太福音》上的話：「現在斧子已經放在樹根上，凡不結好果子的樹，就砍下來，丟在火裡。」

三月，對我來說，或許是個轉折點。原來遙不可及或者居高臨下看著的恐懼，忽然變成了真實可觸的東西。彷彿早就知道了洪水發作，之前它不過是淹沒我曾經站立的地方，現在終於到了腳下。

四月

有一種熱切叫墮落

文章出軌引發大討論明星如何處理婚姻危機

【中新網】4月3日電（鮑文玉）綜合報導，從上週五（3月28日）開始，文章出軌戀上姚笛一事持續發酵，在這過程中伴隨著的則是全民大討論。4月1日下午，繼文章、馬伊琍相繼回應了出軌風波後，馬伊琍父親專門開通微博，發文質問爆料媒體是否要「逼文章馬伊琍離婚」，還表態稱「只要文章悔過自新，我女兒可以接受他」，幫助女婿「回歸家庭」，在網上引發熱議。

說女人

蔣方舟

　　這段時間我開始重新讀《安娜·卡列尼娜》，驚訝地發現，與我童年時候第一次閱讀相比，完全是兩本不同的小說。

　　我第一次讀這本書時，是一個小小的道德審判家，不齒於背叛與出軌，當作一個「惡有惡報」的故事來看，長大再讀，才覺得小時候的自己是多麼愚蠢。

　　我最為觸動的，是安娜的丈夫阿列克謝·亞歷山德羅維奇第一次懷疑到她可能出軌時的心理活動：「他還是思考她這個人，她有哪些想法和感情。他頭一回生動地想像她的個人生活，她的思想與意願，他感到一陣恐懼，連忙把這個念頭驅開。這正是他一眼也不敢看的無底深淵。」

　　安娜與阿列克謝距今已經數百年，而男人對女人的理解比起當時，依然沒有多大的進步。

　　女人看男人，看到的是不同職業、愛好、特長，他所擁有以及環繞他的不同世界；而男人誇女人，無論她是好醫生好護士好作家好老師，最後都剝掉她身上的制服，落腳到——她是一個好女人。

　　所有的女性，無論身分、地位、年齡、種族，都被不分青紅皂白地放在兩性市場中估價與叫賣。

　　比如我看到很多年輕公司的招聘廣告，會專門招聘啟事中寫道：「公司承諾員工中不少於三個單身妹子（此處應有掌聲）」，甚至配以圖片，幾個年輕美麗的女性，在為程序員遞

茶揉肩。

女性在這裡，屬於福利、寵物、吉祥物。這樣公然的歧視在我們的視野裡，而沒有人覺得不適，或者提出異議。

女性占全球人口一半，但在新聞中被提及次數的百分比只有 24%，在專家採訪中出鏡率為 20%，在政治話題的採訪對象中占 19%，經濟報導中占 20%。女性被媒體最頻頻展示的形象是：學生和家庭主婦。

因為，這符合人們對於女性的根本想像，而當真正的女性超越了這種想像的時候，人們就會因為陌生而無法歸類，去拒絕和排斥。

某個女明星原諒出軌的丈夫，被媒體和所有的網民以「賢惠」、「識大體」、「娶妻當娶XXX」誇耀，去讚美她的犧牲，並且以她回歸一個破碎的家庭，作為故事的圓滿結局，而她作為演員的貢獻和成就，都不及她作為一個「偉大的妻子」的成就來得大。

這是因為人們潛移默化接受了一種觀點：女人所擁有的一切，不過是兩性市場的資本與籌碼。

有句古話叫做：「女子無才便是德。」很多人僅僅依據此話，就推斷出古代女性大多數缺乏教育，沒有文化。實際上，在明清時期，中上層的家庭已經開始普及對女性的教育，社會風氣也鼓勵婦女識字作文。然而，女性所受的教育並不能成為自己的財富，而是嫁妝的一部分，目的在於抬高在婚姻市場中的價碼。

延續到如今，我們好像已經熟悉了這樣的句式與因果關係：「把自己修煉得更好，才能遇到更好的伴侶。」「讓自己

更加自信、獨立，才能得到更好的丈夫。」這暗含的意思是，男性變得更好，有利於征服女性；而女性變得更好，是為了能夠自己選擇被征服的方式。

我們的社會還沒有大膽到能夠接受另外一種句式：「讓自己更加完整，才能不需要男性。」——孤獨寂寞冷的滋味，無論男女都難以忍受，但只有女人偏向於把男人作為自己的結局。

女人的價值，從來就不是犧牲。事實在，在任何社會，任何環境，都沒有任何一個人的價值，體現在犧牲上，人的價值是去爭取和創造。

說愛情

蔣方舟

──愛情沒那麼美好

如果不是人人都說我愛你，又有多少人知道愛情這個東西。

人人看似都在尋找愛情。錦衣夜行，不是為了孤芳自賞，而是在搜尋被人愛上的可能性。不開燈的房間裡，唯有手機和電腦屏幕還在發著藍幽幽的光，閃爍著寂寞的求偶訊號。

在城市裡，你如何區分欲望和愛情？

電視節目裡，各種徵婚節目很熱鬧，男人女人站在舞台上，眼神流轉過的不是風情，而是數據：收入、職業、身高、星座，在短短一分鐘的對視之中決定自己的配偶──人類的動物性從未如此不加掩飾過。

夜色裡，出沒著一群年輕女人，她們長腿、錐子臉、大胸，長相都是范冰冰的翻版姊妹，身穿深 V 領的短裙，都聲稱自己是「模特」、「藝人」、「演員」。但是從來沒有人見過她們演過的電視劇，也沒見過她們出現在哪本雜誌上，她們的職業是尋找愛情，尋找願意為她們的青春和嬌媚買單的人。她們嬌嗔：「今宵酒醒何處？」她們的金主哈哈大笑地接道：「明日更醉何方？」你盡可以鄙夷她們的勢利和現實，只講投入產出比，不講真感情。但是轉念一想，「你用青春賭明天，我用真情換此生！」不過是「願打願挨」的體面說法，愛情的

核心精神，不就是契約精神。

大多數人在談論愛情的時候，他們所說的只是欲望。

欲望很簡單，愛情很複雜。

人的一生中見過成千上萬的身體，對其中的上百個產生欲望，愛情卻是唯一的。只有這一個人，讓人甜蜜愛慕，苦苦思念，讓人覺得他／她全身上下無一處不可愛，讓人竟說出「至死不渝」這樣的傻話來。愛情是連自己百思不得其解的化學作用，是充滿了機緣和巧合。

《詩經》裡說：「青青子衿，悠悠我心。縱我不往，子寧不嗣音？」僅僅是衣領的一角，就讓人不能自拔。

《紅樓夢》裡，賈寶玉和林黛玉相愛至深，卻從未相互說過一句我愛你，只有兩顆心相互吸引和印證的過程，賈寶玉只說：「你證我證，心證意證，是無有證，斯可云證。」愛意是不必吐露和證明的。

俄國女詩人茨維塔耶娃一生從未見過捷克詩人里爾克，卻一直和他保持著通信，寫下最動人的情詩：「我愛你，我無法不長久地愛你，用整個的天空……我不想說我吻你，只是因為這些吻自動降臨，從不依從我的意志。我沒見過這些吻，我敬你若神。」她說自己追求的是「無唇之吻，無手之撫」。

可是，這樣的愛情，是失傳已久的天才技藝。只存在於史書泛黃的紙頁，以及遊吟詩人的喃喃細語裡，還是寧可信其無，不可信其有吧。

我們因為這些詩人與文學家的呢喃，而給了愛情過高的讚譽，實際，愛情是被高估的美德。

實際的愛情，並沒有那麼那麼美好，拆解之後，也不過

是瑣碎的人生。

失戀的人或許不該那麼痛不欲生，情人忽作陌路人或許是可悲的，但至少乾淨利索，因為猝然，所以悲壯。最可悲的是，在長期的穩定和溫情之中，看到愛情一點點死去，兩人都看到愛情在溺水，在呼救，在掙扎，看它沉入湖底卻無力施救。

這精神的萎縮死亡，甚至不能去控訴對方，不能去指責命運。那些以為永遠不會發生在你們身上的事情都一一實現，你挑剔他走路的方式、愛聽的音樂，他不再能忍受你大剌剌地坐在電視前面。

你們像是在長途火車上被安排在一個車廂的旅人，要以彬彬有禮的節制撐完這個讓人難以忍受的漫長旅途，交談只是因為窗外的風景實在單調。

這是愛情最常見的死法：你既愛他，又不愛他。

愛情沒那麼美好，它並不能成為逃避平庸生活的避難所，它是平庸生活的一部分。

愛情沒那麼美好，可也沒那麼糟糕。只要不以成敗論愛情，就會發現相互扶持走了一段，承認「愛過」就已經是幸運。

愛情沒那麼美好，故事的結局早就寫在開頭。

說背叛

蔣方舟

——理想的愛情從來或許不是從一而終

　　前段時間，我看了趙無極的生平，尤其是愛情的部分，心裡有許多感慨。

　　他的初戀發生在十五歲，對象是一個喚作蘭蘭的十四歲少女，也是他認識的第一個女孩子，他們不住在同一個城裡，蘭蘭被父親管得很嚴，不許她和男孩來往，為了能在同一個學校上學，兩人只有結婚，並且生下了一個兒子。

　　少年夫妻一起從上海到了法國馬賽學習，趙無極學畫，蘭蘭學現代舞。在到法國的第九年，蘭蘭被一個更愛她的法國藝術家打動，離開了趙無極。

　　趙無極的第二個戀人，是個叫做陳美琴的單身媽媽。透過幾十年前的照片，我也被照片裡陳美琴的美豔和健康所打動。

　　趙無極說：「我對她一見鍾情，她那完美的臉龐上透著一種柔軟而憂鬱的氣質。她不太起勁地做著電影演員，十分費力地撫養著兩個孩子，我沒費多少力氣就說服她放棄工作和身邊的一切，隨我去巴黎。」

　　兩人婚後的生活美滿得不似真實，一人畫畫，一人懂畫，更要命的是，兩人都那麼瀟灑漂亮。後來，陳美琴隱藏多年的精神疾病發作，一次次病情的發作讓她心力交瘁，最後，

她的第四次自殺終於成功。

趙無極後來又有了第三次婚姻，對象是小他二十五歲的法國女子。

我印象深刻的，是他的一段話：「人生無常，人情難治。有才的人總是很多情，多情的人總會惹出許多麻煩。有才的人總是很獨行，獨行的人總會跌跌撞撞。有才的人總是很孤獨，孤獨的人總會望著星辰、月亮或太陽。有才的人都有自己的軌跡，可以相望，不能相遇。」

孤獨和多情，並不矛盾，或者可以相互成全。孤獨之後，才能感激從陪伴中得到溫暖與安慰；刻骨銘心的陪伴之後，才能心甘情願地享受孤獨。就如同《紅樓夢》裡，林黛玉不得不死，如果她活著，就只不過是大觀園裡又一個幸福的小婦人，而永遠地埋葬了「林妹妹」。

在社會化的理解裡，理想的愛情是白頭偕老，從「郎騎竹馬來，繞床弄青梅」到「老來多健忘，唯不忘相思」。可是，人生是多麼的長啊，長到任何一種陪伴，都讓人覺得寂寞。

我想到自己相熟的幾對情侶。

第一對伉儷是小朋友，男生是我的大學同學，學建築的，女生是他女朋友是同校同系的小師妹，個子高高的，臉龐潔淨，和他們聊天，忽然很羨慕他們的生活：畫圖、參觀、旅行。過年的時候，兩人一起去了東南亞，他們先是共遊印度，然後一個去了越南柬埔寨，一個去了泰國緬甸，分頭旅行，結束之後分享彼此的見聞。

兩個人有共同的愛好和經歷，聊天永遠不愁沒有話題。

兩人都是家境很好、心胸豁達的年輕人，眉目間都是活潑上進的神情，現實的、五斗米的焦慮似乎永遠與他們無關。

男生畢業之後打算實習，全世界各地逛逛。他的女朋友打算出國留學。兩個人都說一個十平方米見方的空間：有桌、床就已經足夠了，他們充實到沒有時間為未知的未來而恐懼，忙到沒有時間去考慮掙多少錢才能享受，最大的夢想是買一個雷射切割機，這樣就不用和同學搶機器建模型了。

古人說志趣相投，志是目標，目標和趣味一致，的確是相處最高的要求。

第二對伉儷是同事。他們相識也是因為曾在雜誌社共事，愛情長跑了幾年，終於要結婚了。兩個人都聰明、惡趣味、毒舌。他們都只是北京普通白領，精神生活的富足遠遠大於物質的富餘。

聊到結婚的話題，女孩子說，如果你覺得水到渠成，結婚與不結婚已經沒有什麼區別的時候，那就結婚吧。如果把結婚當作人生重大改變的契機，比如開始安穩的標誌，或者改變狀態的截點，那麼還是不要結婚的好。

最後見的伉儷，年紀已經不小了。男方是個作家，一頭飄飄灑灑白長髮，身材高而挺拔，很波西米亞的樣子，說話幽默而溫和有禮，舉止紳士，又不失天真。他的女伴我也很喜歡，大氣、正直、敏銳、犀利。

相約一起吃飯，我先到，正好看到他們手牽著手一起下樓，心裡一暖。從前約吃飯，他們吃完也是手拉著手一起坐地鐵回去。這才有靈魂伴侶的感覺。

他們在一起許多年，一直沒有結婚。後來一晚在拉斯維

加斯吃飯，路過一個教堂，彼此約定如果吃完飯教堂還沒有關門的話，就去結婚。吃飯完，教堂果然沒有關門，兩人結為夫妻。

這三對情侶，分別體現了我心目中最理想的三種愛情狀態：少年的戀人志趣相投，青年的戀人水到渠成，中年時候，兩人都是完整而強大的個體，可又離不開彼此。

仔細想想，這三段感情似乎不可能同時存在於一個人的一生，或者至少，不可能發生在同一個對象身上。

然而，在人生不同的時期，去尋找不同的完美的戀愛，自然要被斥為「劈腿」、「背叛」云云。可是，拋開所有社會規範與道德，並不能以成敗論愛情。

《愛在瘟疫蔓延時》裡，弗洛倫蒂諾年輕時愛上費爾明娜，後來，費爾明娜嫁給了一位醫生。在兩人都垂垂老矣的某一天，當弗洛倫蒂諾聽到醫生的喪鐘在全城敲響，他所作的第一件事，都是立刻拋棄身邊年輕的戀人，再一次向費爾明娜求愛。

這並不是一個關於忠誠的愛情故事，弗洛倫蒂諾在與費爾明娜分手之後，身邊從未間斷過愛情與豔遇，費爾明娜也沒有恪守對於丈夫忠誠的承諾。然而，馬奎斯要講的，並不是關於從一而終的平淡的故事，而是在經歷了所有的混亂、恐懼、災難、不堪、挫折、極度興奮、沮喪之後，人依然有愛的能力。

當故事的結尾，兩個相依為命的老人，決定在海上漂流到永生永世時，那依然是我聽過最美的關於愛情的誓言。

愛情與蘋果

閻連科

　　愛是人類最偉大恆久的理願，情是人類最普遍恆久的存在。

　　無論是因愛而情，還是由情而愛，愛情都是人類賴以美好的根基。沒有愛，沒有情，人類就失去了延續、生長的根鬚。植物與植物之間，動物與動物之間，人與人之間，人與動物、植物和整個自然界，除了仇怨，剩下的就是愛和愛情了。或者說，除了愛，就是爭奪、仇怨了。

　　我們是因愛而存在，不是為了仇怨而活著。

　　當愛與情相遇結合時，愛情就被專有為人類之美了。就是動物與植物間也有那麼美好的愛與情，也似乎需要人類去感知、描述、命名它們間的愛，那種愛情才存在。人類不去感知和描述，似乎它們的愛情就不存在樣。儘管情況不是這樣兒，可我們還是把「愛情」占為人類已有了。如同世界是因為人類存在世界也才存在樣，沒有人的存在，世界也就自然消亡了。存在也不再存有意義了。

　　我們給了愛情太多的禮讚和頌揚，如同給了太多太陽和月亮的歌聲樣，似乎沒有太陽就不會產生人類樣。沒有這樣的人類，就不會產生另外一種人類嗎？世界上不是也還有許多並不需要光的生命嘛。莎士比亞、普希金、里爾克、艾芝、歌德、席勒，都把愛情喻為人類的太陽、靈魂的光，宛若一當愛情從人類的舞台上退場，生命的出演就會結束般。可事情真的

就是這樣嗎？一定要賦予愛情那麼美好、高尚的光芒嗎？詩人不歌頌愛情就不是詩人了？

　　蘋果是非常日常大眾的。可對於有的人，有的家，蘋果的到來，就像鑽石從天而降樣。對另外一種人，客廳的茶几上擺滿了蘋果，就如窗台上扔了一疊兒報紙。看也可，不看也可，反正它每天、每時都在那兒扔著、到來著。看著電視，吃著蘋果，是一種家庭慣常的方式。許多權貴和總統，也經常是吃著蘋果，看著報紙的。而許多底層的市民，也是一邊看報一邊吃著蘋果的。這時的蘋果，難道總統吃的就更有營養、更有意義嗎？羅密歐與茱麗葉在那陽台上的愛，就一定比安娜在床上的尖叫更為高尚、純潔嗎？就一定比許仙和白素貞的愛更為堅貞、深邃嗎？中國遠古的「化蝶」之愛，就一定比「田螺」姑娘的愛情更為幽意美好嗎？古希臘的海倫就一定比更為實在的胭脂球更為美麗和意義？

　　保羅・塞尚在畫蘋果的時候，總是要把盤中的蘋果畫得想要滾出來。擺蘋果的桌面是斜懸的，似乎擺放蘋果的盤子會從桌上滑下碎在地面上，蘋果會從人的目光中滾到桌下和牆角，而那些「靜物」中庸常的女人們，也因為靜無他求，有著蘋果的一種氣息和永恆。在塞尚的畫室裡，凌亂、塵土，完全就是雜物間。連他的畫面也都有一種雜陳感。莫內畫睡蓮是一定要在他的花園觀賞、咂摸睡蓮的。他要畫出水流的聲音和時間，畫出水紋的光影、變動和水在月中、影中睡時的呼吸聲，那時他才覺得睡蓮是睡著或醒著。塞尚的蘋果，只有在傾斜的欲滾欲落中，才有了動靜和生命，靜物才成為了「動之物」，才有了流動的時間與不一樣的空間感，這時塞尚的蘋果才有價

值了。成了世界上最昂貴的蘋果了。哪怕它是一枚爛蘋果，而那和蘋果雜陳在一起的女人們，也才意義永恆了。可見海倫的愛並不一定比胭脂球的情更為高尚和莊重，安娜外遇的叫床聲，也是世界上最美的一首愛情詩。也許不需要把愛情分出高尚和低俗來，凡是因情而愛的，或因愛而情的，都是美的、好的、值得崇尚的。愛情是人與人之間關係唯一交融運轉的燃燒濟和潤滑劑。愛情不應專有於男女之情，夫婦之愛。愛情已經擴展至「同志」之間了。那麼，父與子、母與女、我與你、他與他、人與人之間關係中所有純粹的愛與美，也都屬於愛情的範疇了。哪怕一條蟲對一顆蘋果有了愛，有了情，我們也不應該那麼的鄙視和咒罵。我們怎麼能知道蘋果並不希望蟲的到來呢？我們怎麼能知道蟲和蘋果的交往中，當蘋果從樹上落下後，蘋果不渴望那種隕落和悲劇的美？難道蘋果一定要長到碩大絢麗，然後給人享用才是它最為正途的歸宿和理願？我們怎麼能知道蘋果對人的牙齒、口腔沒有恐懼和厭煩？怎麼能知道它與其成為人的食物，而不如成為一條蟲的禮物，就不是它生命輝煌的結局呢？

愛情沒有什麼高尚和卑下，沒有什麼光明和陰暗，沒有什麼猥瑣和磊落。凡是愛，都是生命的偉大和光輝。無論因愛而情，還是因情而愛，哪怕是被世俗和既有的人的共識視為是卑瑣的、醜陋的，令人不齒不屑的，也都存有最為純正的美，一如蛀蟲貽害萬物與人類，它也有活著的理由與自由樣。

性事與性愛

閻連科

　　漢語有驚人的豐富性，幾乎可以理清所有詞語、行為中那細微、模糊的差別和異處。當兩性相悅時——性和性行為中那模糊的規則、範圍、道德倫理與愛和非愛，都在「性事」和「性愛」中表達出來了。

　　性有本能性、動物性、原始存在性。正因為這樣，當性望走入行為時，漢語就有「性事」和「性愛」的區分了。性事包含著那種動物性與原始性，而性愛則包含著那種道德性、倫理性和現代社會的選擇與追求的純美性。性事可以是有選擇的，也可以是無選擇的；可以使兩性相悅的，也可以使一己愉悅而另一方被動、沉默和犧牲，甚或是一種強姦和強迫。然性愛，則一定是兩性相悅的，雙方求願的，包含著彼此選擇的理想和實現。哪怕這種性愛犧牲了原有的道德、倫理與規範，但一定在這彼此的性愛中，建立著新的倫理、道德與規則。「飽食思淫欲」，說的是食為先，欲為後，但卻又有對人之性事本能有最大的包容與理解，也有著對性事的鄙視和對某種本能的不屑。但當性事走向性愛時，也就有了「在河之洲」的美和詩意了。有了人對性愛那種美的追求和禮讚。如果性事是來自大自然的一棵草，性愛就是那株草上的一朵花。如果性事是一棵樹的根，那性愛就像是這根鬚長成的樹幹和果葉；如果性事成了樹的枝幹了，性愛就一定要成為那棵樹之根鬚的良壤和土地；如果性事成為一棵樹的花果了，那性愛一定該是那花果的

陽光和雨露。一定要把性事和性愛分開來，就如人總是要把自己從動物中剝離出來樣。具體說，性事是沒有責任的，性愛中包含著對愉悅和之後的一種責任心。哪怕那份責任是短暫的，最後不得不放棄和改變，如一本法律的著作放在床頭上，你可以忘記它，但不是它本就不在那。而且你一定要、也一定會在事後看見它，找到它，一條一律地閱讀它，這就是性事和性愛最本質的區別和存在。所以說，夫妻間、情人間、「同志」間，哪怕出軌的床第和性愛，人們在區分你是性事和性愛時，是要看你的那份責任心。看你責任心的大小和深淺，久遠和短暫，看你對誰負責和負多少責。人們以這種責任心的份額來區分性事和性愛。並不是所有的兩性相悅都叫性愛。有一種兩性相悅因無責任也是叫性事，無非這種性事有著自願性和選擇性，其目的因為無責而相悅，這也可以稱為現代性和解放性。它因為解放而現代，因為現代而解放。所以說，人們可以說它是性事的升級或昇華，但也可以說是性愛的降級或墮落。

性愛是一種純粹的美；性事是一種純粹的快樂和遊戲。性愛從美中得到快樂，性事是從快樂中得到快樂，或從快樂中走向毀滅。性愛是心靈與肉體的同行，性事是肉體前行，心靈在後，再或心靈壓根不在場。性愛有一種莊重的儀式感，性事有一種一時一地的隨意性。有時候，人可以從性事走向性愛和純真，一如無心插柳，也可以柳蔭遍地樣。但在有時候，愛和性愛，也會淪為純粹動物的性行為。一定要把性事和性愛之間分開是愚笨的，如一定要把男女之間刀砍斧劈出楚河漢界樣，可不把這些理清擺明不光是愚笨的，還是愚昧的、愚蠢的。無論男人和女人，想這些是智中的愚，不想這些是昧中的愚。所

以說，男女間、同志間，因情而愛也好，因愛而情也罷，只要我們擁有健全的肌體，性事就是我們人之生存的一部分，生活的一件必然物。可要從性事走向性愛，有時水到渠成，如春天必然花開般；可有時，卻需要經過精神的漫漫途路，如從石器時代的原始社會走向青銅器的文明歷史，還如人從猿猴群居走向母系氏族又到父系社會樣，如此的艱辛與艱苦，也就是為了男女、同志，人人之間有那麼一點一滴的鑽石樣的理解、尊重和愛情。

說出軌

閻連科

　　出軌在中文裡被賦予一種貶義,這是我們對詞語的不忠和狹隘。不能忘記,出軌只是對偏離和另尋路線的描述,它不帶有一種道德性。可是我們既有的道德血液給「出軌」染了色彩了。這種刺目的血液色,又讓我們的目光看待和討論出軌時,戴著難以摘下的有色眼鏡了。

　　在一種情況下,出軌並不是背叛和落賤,而是一種力量和尋找,是為了打破舊有的固封而尋求。即便這也是出軌,那出軌怕也原是為了愛。魯迅和許廣平的關係算不算出軌呢?畢竟他那時的妻子是朱安。茅盾和秦德君的關係算不算出軌呢?茅盾那時的正妻是孔德止。郭沫若正娶的妻子是張瓊華,到日本就和佐藤富子同居一床了。郁達夫正娶的妻子是孫荃,而與他相愛火熱的是王映霞。那整整的一代人,一個激情亢奮的時代,被王朔戲言說:「並不是所有的流氓是作家,而是所有的作家是流氓。」這話偏頗兒戲,但也多少在說明著那一代文人婚姻即死亡的普遍性與出軌新生的合理性。就是到了百年後的今天,人們都從包辦婚姻中走離出來了,任何人也還不能說所有婚姻都是自由的、合理的,當一個男人或女人,脫開這個婚姻的出軌都是淪喪和不道德。

　　女權主義的開始,其實多少是有些為女性爭取出軌之平等權利的。

　　婚姻的現代性,其實正表現為人們對出軌的理解和寬容

上。婚姻與家庭，如果沒有對出軌的包容與理解，在很大程度上，就喪失了家庭與婚姻的現代性。從某種角度去說，一個社會的進步與包容，正體現在對出軌的理解和包容上。

但在另一種情況下，出軌就是脫軌，是墮落，是對道德的挑釁和對「人」的反動和背叛。這一點很好辨識和判斷，就是在你婚姻（或與情人之關係）良好或基本良好的情況下，在不是為了「愛」並無責任的景況下的那種新的性關係——這種出軌就不能不讓人帶著道德的目光看待了。回到郭沫若的人生上，如果說他到日本和佐藤富子的婚姻還有背叛的革命性和現代性，是可以理解、寬容乃至讚賞的，之後他與彭漪蘭、于立忱、黃定慧等女人的關係均可以出軌倫亂而言之。郭的一生，幾乎就是出軌的一生。乃至於兒子郭博在評價父親時說出這樣的話：「對於家庭，郭沫若是個罪人！」是罪人，又不與、不可而治罪，這就道出了關於出軌的第三個問題來。在中國社會，永遠有人享受著真正出軌的特權與自由。享受這種特權自由的人，大體為男權社會中的權人、錢人和名人。權貴的出軌，是中國一夫多妻制在權力階層的變異與延續。今天幾乎所有的貪官身後都有多個情人的事實與笑談，也正是以出軌的方法，延續著一夫多妻婚姻制的變異。而富豪們的出軌與婚姻之亂，則是現代社會存在的「必由之路」。而名人之淫亂，才真正是出軌者中最獨特的特權者。

他們因為有名而必然、必須要出軌，因為出軌而更為有名、才配為叫名人。

今天的名流界，尤其演藝圈，有名而無緋聞是不可思議的；有了緋聞沒有在公眾中賺得最大的新聞是不可思議的。所

以離婚、結婚和出軌這類帶著桃花色彩和精液腥味的事，不光是媒界的奶與蜜，也是這些名人之所以人氣、名聲、金錢的奶與蜜。說到出軌這樣如人生掉只扣子或撿一樂事的事，只不過是持有出軌特權的人用了一次特權而已或罷了。

家庭與關係

閻連科

　　人們在談論家庭時，最大的謬誤說法為：「家庭是社會健康的細胞。」這種一錘定音的謬論，一如揮霍的盜賊指著贓物說：「我不偷它，它對社會還有用途嗎？」

　　是誰最早說出了「家庭是社會健康的細胞」那樣的話？他是在什麼境況下說了出來的？

　　可以把事情翻過來推敲和思考，面對一個充滿著混亂、無序、欺盜、謊言的社會，家庭細胞又怎能不受感染而永存健康呢？在上世紀八、九○年代，直到今天，當金錢至上和拜金主義成為中國現實乃至成為國家治理方針的精神主旋律時，二奶也好、小三也罷，抑或三角、四角或多角，中國許多家庭所面臨的糾葛與危機，一如非典在家庭中的橫掃和蔓延。這時許多家庭的解體與崩潰，究竟是社會帶來的，還是家庭伊始就已存在的？家庭在社會面前，只是一粒細沙面對戈壁的存在。而社會在家庭面前，則是浩瀚的土地與一株小草、綠芽之關係。沒有一個相對素潔、健康的社會肌體，誠如這個社會中健全的法律關係、道德倫理和人的尊嚴之擁有程度和人人間的誠信程度、人對社會信任與依賴程度，當這些都變得混亂和失去起碼可信任與依賴關係時，這個社會就如一片闊大的土地已成為蛀蟲適存的土壤了，我們如何還可以說，每一株草的綠色都是土地健康的保證呢？

　　要理清一種關係——家庭不是社會健康的細胞，家庭只是

家庭成員來去的場所，它只對這些成員負有來去攙扶的責任和義務，而不對社會健康負有任何的社會大責任。而社會，則應對由家庭肌理組成的社會軀體中的每一個部分背負不可推卸的各種健康、健全的責任和義務。社會的健康，不是或不僅是由家庭組成、供給和代謝，而是由社會自身的制度、體質所保障。有什麼樣的社會制度，就有什麼樣的家庭肌理。封建社會，自然有封建式的官僚家庭和民間家庭，自然有那麼一套「三從四德」的家庭文化的溫潤和循環。「三從四德」、「君臣父子」、「一夫多妻」、「百善孝為先」、「無後大不孝」等家庭的倫理文化，不是從家庭自然生長出來的，而是社會制度賦予、灌輸給家庭後培育出來的。民國時期所有激情人士對包辦婚姻與家庭的逃離和掙脫，不是那些家庭固有的覺醒與激情，是社會的進步、開明帶來的。今天中國社會中家庭和社會所面臨的考驗，不是家庭解體和離婚率攀升的問題，不是「小三」、情人的襲擾，不是金錢對家庭的染色，甚至不是獨生子女之後所必須應對的家庭關係的改變，而是當社會變異、發展到目下情況時，社會和往時不再一樣了，而社會沒有把新的家庭倫理與文化的種子播下去，原有的家庭文化、傳統繼承正在沙化和荒蕪，而新的改良家庭土壤的良方還未生成和配製。因此，原有家庭和社會那種固有的依附、信賴關係就在這社會變異中消解、脫掛和散失了。

沒有家庭一定要相信它是社會不可分割的一部分，正如文革時沒有家庭不承認它是社會中的一戶革命家庭樣。

沒有家庭不在今天社會的倫理和道德關係變異中，不受到影響或改變，正如當年鄉土社會必須服從於民間倫理、道德

的約束樣。

　　沒有家庭在今天的現實中，會和社會捆綁在一起，一損俱損、一榮俱榮，生死與共，息息相關，一如封建社會推行的「三綱五常」，成為社會與家庭的鏈條規則後，好與壞，榮與辱，社會和家庭被絲絲連連扭結在了一起了。而今天，社會中最小的單元——家庭，無論是社會公共道德的改變而使家庭和家庭成員的家庭觀念的改變，還是因為讀書、就業、住房的不公、無靠而使人們（家庭）對社會失去信任、依賴和依存的托靠，其結果，都是家庭還是社會、國家的最小之單元，可國家與社會，都已經從家庭中角色退出，不再承擔和扮演任何角色與構成，乃至還會成為家庭的「敵人」和對手（如以國家的名譽對無數家庭的房屋強拆、截訪和徵地）。如此的家庭與國家、社會之關係，正在注釋著一個好的社會肌體，是家庭細胞生存、興盛的供應站，一如社會應是社會人生存的銀行樣；只有變異、糟糕，越變異、越糟糕的社會肌體，才會把它對家庭的供給責任，一古腦兒地從肩上卸下來。當社會不再願意或閃躲它對家庭應有的責任時，家庭就和社會沒有那種相互依存和信任的關係了。家庭便如被軌道拋離的一粒原子只在道邊觀察旁目了，甚至助興著軌道上社會列車的解體和掉軌。

　　家庭成了社會的旁觀者。觀岸觀火成為了今天幾乎是所有家庭面對社會的共同心理和文化。作為家庭的存在，家庭裡的人們都還存在著、生存著，工作著和生活著，但作為「社會細胞」的家庭，在面對社會時，似乎已經不再存在或正在銳減著。社會因丟棄對家庭的供給而正被更多的家庭所拋棄，一如沒有就業機會的人對社會的合理抱怨樣，今天中國的社會正被

一個個的家庭所失望、絕望和拋棄著。

　　家庭已然千千萬萬地存在著，而它們可以依附的那個社會已經大體不再存在了；家庭的肌理仍然固有和鮮活，但和那個社會軀體的關係正在疏離和背叛。當家庭如一粒沙子、一粒沙子被社會冷淡拋棄時，這沙子也正在組成沙塵和風暴，準備著某一日朝社會的捲襲和還擊，直到社會為家庭重新擔負起它應有的責任和義務，給它一種適宜家庭並適宜社會變異需求的家庭文化之血液。

　　家庭並不承擔社會健康的細胞之責，而社會必須承擔軀體對肌理健康、和順、有力的保障和保證，這才是家庭與社會、細胞與健康的關係存在之必須。

一個社會模範家庭的背叛與壯舉

閻連科

河南的古都，到處都散落唐詩、宋詞的古香。

那道僥倖而被歷史留下的城牆下的青磚瓦縫裡，瀰漫了太多的賦歌與唱腔的韻味。連那坍塌的瓦礫間的雜草與野花，春天都揚著遠古的詩意和頹敗的美。到了夏天時，鳥在城牆上落著，而南城牆下祖輩居住的陳家，能看到鳥雀抖落的羽毛，隔著院牆，翩然飛來，落在院內的青磚鋪地上。有時也旋著落在那雕有古花的窗櫺的台角上，像一枝羽毛的筆，在那寫著什麼聖潔或者美絕的文句樣。

這是古都一所完好的陳宅，四合老院，青磚堂舍，建成於明朝末年，文物級的珍貴寓意，門口還有連主人都記不清楚的他的爺爺還是老爺爺擺放在那兒的一對青石小獅。上房廂房，門樓台階，解放後曾被政府收去做過街道的辦事機構，使他們一家搬到城東，住進工廠的集體宿舍。可也終是，時代變遷，日月挪移，在八〇年代社會颳起「平反」的大風時，這房宅又颳回到落到了陳家的名下。從此，將近三十年裡，陳家就鼎盛康復，興旺發達。大兒子考上大學，後來到了體面的國家機關；二兒子當兵去了，在軍隊已經幹到團職。小女兒嫁了商人，家產有著驚人的數字。尤為盛達的事情，還不是兒女們的昌發。而是房主陳伯年近七十，而父母都還健在，雙雙九十餘歲，還每天都能在城牆下的林地散步納涼，坐觀世景，而其幾

個孫子孫女，兩個考到了北京的名校，另兩個孫子和外孫女，也都在古都的重點高中，在高中的試驗班裡，三年二年，考上國家大學的一本，或一本中的名城名校，大約也是料定和必該的運內和份內。

好世好家。好家好詩——

大門樓下的青磚柱上，釘了一排兒的黃漆鐵牌和紅漆白底的塑料牌兒，共有七塊，取一磚柱的中線，讓那七塊牌子，整齊依次的組合排列，像那老牆的老柱上，寫著一首現代的新詩。詩的每一句子，都刻在印在紅黃的彩牌之上。

其詩句從上往下是：

模範教育家庭
社會和諧家庭
尊老愛幼家庭
街道五星家庭
市十大孝子家庭

大體如此。

寫照著陳家老宅的過去興盛和今日之美達，寫照著歷史、社會與現實的完美和諧與一個家庭的美滿與無憾。然而，歷史緩緩快快，星月明暗，到了今天的現實之中，需要搬遷，需要拆除，需要用現實的手力，在歷史的城牆兩邊，清理一切的遺跡住宅，留出至少五十米寬的所謂景觀保護地帶。也就以國家所需之名，社會發展之譽，下了文件，發了通知，限令城牆下的住戶，無論新老，再或貴賤，哪怕你家怎樣的文化地

位，也都必須在某日之內，搬遷移去，騰挪潔淨。居民也就抗拆，維護著人權、歷史與文物和文化。有過衝突，有過流血，也有過暴武的場景和發生，最後有的走了，有的堅持。而這老宅陳家，也在堅持之中，一直堅持到時間都有了霉腐和滯止，顯了殭屍的冷硬，政府就動用了社會中的各種方法與方式，讓政府機關去做陳家大兒子的工作；軍隊首長，也找二兒子（已是團長）談話和談心；地方的工商稅務，又常到他家老三女兒女婿的公司查查帳目。還有，重點高中的校長老師，也找陳家的孫子、孫女們，講了許多國家和革命的道理與規則。

事情也竟妥善了，一如城牆上的鳥窩，不再在了樣。

到了這天週末，是房主的老父九十二歲生日，全家人都回老宅祝壽喝酒，討論搬遷。外人大抵不知家人在那明朝宅院中閉門說了些什麼，只是在壽後酒後，來了搬家公司，搬走了那屋裡的可搬之物；到了黃昏之後，夕陽照在城牆和那凌亂的院內，這家的孩子與女婿，都出來拿了鐵錘斧柄，狠狠頓頓、罵罵咧咧地砸了門口牆柱上那七塊榮譽的詩牌，還砸了那門口珍貴的古舊石獅，最後竟自行通知鄰邊還未及遷走搬去的市民百姓，暫且撤離，就在自家老宅的四處根基的牆和窗台上下，自埋了許多炸藥火炮，請專人指導，自己炸了那所明時的陳年陳宅。

轟隆隆的巨響，就像漢字的筆畫，突然間散落解架樣。也如歷史樓屋的架設，到了歲月的年限，有了必然的一次坍塌。在之後的廢墟之上，政府在那碎磚的牆上，又掛了一塊讚譽的牌子，上寫五個大字：

模範拆遷戶！

　　之後的之後，這個家庭，就從這兒永遠的散了走了，再也沒人回到這兒看過逗留過，宛若《詩經》中丟失的一首古詩，我們知道它曾經存在，被人吟唱，可到了今天，我們在現實社會的街邊道旁，人流之中，再也找不到那首詩的一字一詞、一句吟唱的韻律了。

　　一個家庭的消失，就像一個字從一個新版的字典中被悄然地剔除，可這被刪除剔掉的，也還是歷史、現實和人對社會、世界、時間的那份血骨相依的文化與存脈。

2014 年 4 月 26 日

五月

跑偏的記憶

台媒：越南反華示威全面失控演變成排華暴動

2014.05.16【環球時報綜合報導】台灣《中國時報》15日稱，越南反華抗議示威，全面失控演變成排華暴動，當地台商首當其衝，暴民攻擊、打劫、縱火事件不斷，各種血腥、驚悚畫面湧現網路，宛如爆發戰爭般陷入無政府狀態。英國廣播公司網站稱，許多越南網民也對示威遊行突然演變成放火燒廠的騷亂感到驚訝。

從世界看中國

　　中國到底有多有錢？《經濟學人》統計，中國可以購買全部的西班牙、愛爾蘭、葡萄牙和希臘的國債，這樣就可以一瞬間解決歐元區的債務危機。而且即使這樣做，中國還剩下一半的外匯儲備。

　　或者，中國可以購買股票，用不到一萬億美元吞併蘋果、微軟、IBM 和谷歌。全世界最有價值的五十個體育機構加起來的價格不到中國外匯儲備的百分之二。

　　如果買地，花不到六分之一的外匯儲備就可以買下曼哈頓和華盛頓；如果買能源，可以買下今年 88% 的石油供應；如果買食品，可以花外匯儲備的一半就買下美國本土的全部耕地；如果買安全，那麼理論上中國可以買下整個美國國防部。

　　我去倫敦。在地球上最貴的公寓「海德公園一號」樓下。已經在英國待了十五年的導遊小孟，仰頭看著高層，表情說不清是羨慕、自豪還是憤懣，說：「這座樓最高層的三間公寓，也就是最貴的三間據說分別是被一個卡塔爾人、一個俄羅斯人、一個中國人購買。」

　　中國人來了，勤勞能幹得讓全世界汗顏與驚恐。兩個義大利記者穿越亞平寧半島去尋訪中國移民，寫下《中國人不死》的書，他們眼中的中國人只工作、不生活、機智努力、封閉樂觀、死而後生、永生不死。

　　中國人來了，湧入世界各處富庶之地與不毛之地。

中國人來了，身披金甲聖衣，腳踏七色雲彩，更讓他顯得像個蓋世英雄的是滿懷鈔票。

中國人被許多非洲國家視為救世主，因為帶去了貿易、投資、工作和技術。而在《西方將主宰多久》中，作者則把中美關係形容成一場婚姻：一方負責存錢和投資，另一方則負責花錢，誰也離不開誰。

外交是利益場，中國的朋友好像都是用錢買來的。「金元外交」和「援助交際」在今年卻不大行得通了，世界上存在有錢也買不到的東西。中國電力投資集團斥資三十六億美元在緬甸修建的大壩，被緬甸政府叫停。中坤集團董事長黃怒波計畫斥資約八百八十萬美元買下三百平方公里的冰島土地，也被冰島拒絕。

美國對中國的評價不再遮掩和謹慎，希拉蕊在接受採訪時直接批評中國的人權紀錄「糟糕透了」。國內媒體當然反彈式的回擊，認為印證了他們「美帝亡我心不死」的一貫判斷。《環球時報》發社論領導範兒永遠那麼正：〈警惕境外影響，但別被它擾亂〉。中國又不高興了，沉浸在境外反動勢力論的中國不曾自問：自己是不是真的成為了國際社會的異類？

如果說內政上的傲慢毫無道理，那麼外交上的軟弱簡直莫名其妙。俄羅斯用推土機驅趕從事耕作的中國農民，十三名中國船員在湄公河上遇難，中國在南海的主權節節敗退，政府的反應永遠只有一個：嚴正抗議。

如何以大國心態，去適應大國體型是尚未解決的問題，這就導致中國人如野草般蔓延世界各地，卻永遠神情倨傲，姿勢扭捏。

從中國看世界

蔣方舟

2012 年，是民族主義激化的一年。中國人板著面孔，大步行進，唱著愛國頌歌，手臂如鐵錘在空中揮舞，吶喊著憤怒的話語。龍應台曾問：「中國人，你為什麼不生氣？」如今，這話該重新問：「中國人，你為什麼這麼生氣？」

今年我到北京某個小學講課，無意中提到日本動漫，一個十歲左右的孩子忽然喊道：「抵制日貨！」振臂一呼而全班雲集響應，滿教室的孩子都在高喊：「抵制日貨！」「打倒小日本！」教室後面的黑板上有紅色的標語，其中最醒目的就是「愛國」。

「愛國主義」在過去的幾十年中，從牙牙學語的兒童到耄耋之年的老人，都時常掛在嘴邊，不假思索。細想起來，「愛國」只能說是一種情感，如何上升成一種主義？與之類似的語詞應該是「民族主義」。霍布斯鮑姆說，1848 年之後，「政府」一詞才特別地和民族的概念連在一起，成為一種意識形態的支配。

在過去的一個多世紀的時間裡，民族主義被一步步工具化利用，它是百試不爽的創可貼，作為解決內政問題手段的延伸。2008 年，北京奧運會把中國凝結成「榮譽的共同體」，四年之後，黃岩島和釣魚島把中國凝結成了「仇恨的共同體」。

2012 年 4 月10日，十二艘中國漁船在中國黃岩島潟湖內

正常作業時，被一艘菲律賓軍艦干擾，中方海監和漁政船前往解救時，引發中菲兩國黃岩島對峙。

相對於菲律賓國內的平靜——他們似乎更關心 Lady Gaga 在馬尼拉的演唱會。中國人的一腔熱血似乎顯得有點尷尬。《人民日報》發表文章〈面對菲律賓，我們有足夠手段〉，文章義憤填膺地寫道：「仁至亦有義盡的時候，忍無可忍就無須再忍。」《環球時報》的標題更是讓人忍俊不禁——〈菲律賓內心希望中國揍它，中國願滿足其願望〉。

「黃岩島事件」的無疾而終證明愛國青年只在乎過程，並不問結果。而他們尚未完全發洩的情緒，在五個月之後升級、爆發。

8月15日，香港十四名保釣人士乘船進入釣魚島海域，其中七名登島。9月10日，日本政府通過對釣魚島實施所謂「國有化」的方針，一週之內，民眾走上了街頭。

北京的抗議井然有序得簡直可疑，《紐約時報》寫道：「幾位身著印有保釣愛國字樣的 T 恤的青年說，服裝和示威的標語均由公司組織印刷發放。不少遊行的民眾領到了一條特製的擦汗毛巾，沿途有人免費發放礦泉水。一位頭上繫著『保衛釣魚島』紅條的中年男子用電動自行車拉來兩竹筐蘋果，在路邊隔離帶外分發給示威的人們。」

地方的抗議則失序得讓人心寒，中國人堵了中國人的路，砸了中國人的車和商店。平日如冬天的蛇一樣麻木貪睡的中國人，忽然在對同胞的戰爭中展現出旺盛的生命力。

最讓人難忘的畫面是在西安遊行中，一個年輕人奮力砸車，並用 U 形鎖砸穿了西安市民李建利的顱骨。砸人者，九

○後，平時也會發微薄感慨：「悲摧的九○後，九○後的我們感覺到幸福了嗎？」

杭廷頓在《文明的衝突與世界秩序的重建》中寫道，伊斯蘭社會的人口爆炸，讓十五到三十歲的年齡段中常常存在大量的男性失業者，也就是造成不穩定，以及伊斯蘭內部和反對非穆斯林暴力活動的自然原因。——這應當給中國人以警醒。喪權辱國的近代史教育深植於每一個中國孩子的內心，西方霸權、美國遏制、日本右翼是每一個中國成人脫口而出的敵人。當底層生活的不滿不斷積蓄，自身的屈辱與想像中的民族屈辱疊加，便引發了連串的火山爆發，形成了難以抑制的洪流。

「九‧一五」反日遊行中時隱時現的毛澤東頭像，暗示著權力遊戲的博弈，野心家們不懼被自焚的危險，煽動著民意憤怒的火焰。幾十年來，這戲碼反覆上演，我為魚肉，誰是刀俎？

從亞洲看中國

蔣方舟

　　我從沒有去過越南。最接近的一次，是我臨近大學畢業那年，我既沒有考研究生，也沒有準備托福、GRE 等出國的考試，更沒有準備任何出國的簡歷。系裡的老師看我整年惶惶如喪家犬，就約我吃飯，給我提供出路，他建議我去考河內大學的研究生，說越南正在發生巨變，如果想觀察民主轉型的話，越南是最佳的樣本。

　　他笑著說：「哪怕你待了兩三年，什麼也沒有學到。你在那裡置些房產，三十年後，你就是越南的房地產大亨。」

　　這個國家如此地近，又如此地遠。我發現自己對它的印象全部來自於好萊塢的電影和文學作品，青木瓜、汗水、摩托車、女人搖曳的腰肢。

　　印象最深刻的，莫過於格雷姆・格林的小說《沉靜的美國人》。小說講一個疲憊的英國中年記者，一個美麗柔順的越南姑娘，一個文靜而執拗的美國人，在法國在越南的殖民即將失敗的邊緣發生的故事。文靜的美國人像通過恐怖主義扶植第三方勢力的美國，結果令更多的越南百姓遭到了殺害。

　　這些影視作品構成越南在我心目中的形象：夾在強大的男人之中、無助、等待被拯救。

　　而這些強大的男人裡，也包括中國。

　　當我的老師建議我去河內大學讀書時，我才開始認真地搜索這個國家、這個城市的信息。在圖片裡，我看到的是大街

小巷的中國貨、中國字、紅旗、雕像。而當我查閱歷史的時候，我才發現越南政府推出的《越南古代史》裡寫道：「越南歷史就是一部中國侵略史」。而在書中，我看到越南對中國的恐懼深入骨髓，書中最濃墨重彩的英雄，是徵氏姊妹反抗漢朝統治。

越南與中國就是這樣糊塗的關係，越南因為過於依賴中國，而無法掙脫其懷抱，同時，又始終處於敏感的憂患意識與戒備之中。

這讓我想到《沉靜的美國人》中，格雷姆・格林描寫越南少女的一段話：「她們愛你是為了報答你的體貼、你使她們有了安全感以及你贈予她們的禮物；她們恨你是為了你打了她們或是為了一件待她們不公的事。」

2014 年，越南的官方媒體第一次紀念 1974 年的中越西沙之戰。顯示出兩國越來越緊張的關係，隨即爆發了大規模的排華抗議。

這或許預示著這愛恨交織的情感的終結，當中國變得體量越來越龐大，中國和東南亞各國力量的失衡繼續增加，越南該怎麼辦？

中國一直以來活在屈辱的近代史中，西方大國的目光之下。當我們有一天，忽然從今天的越南人眼中看到自己，看到的卻是仇恨與不信任。中國該怎麼辦？

與越南的記憶

閻連科

很久的事了。

久到不將其遺忘，就有了不該。

那年我當兵入伍，懷揣著逃離鄉村、背叛土地、永不回頭的逆子心理，想要抓住命運的咽喉，如同要抓住撿到的一塊黃金。於是，隊列積極、學習認真；還主動給排長、班長洗衣服和去倒洗腳水。為了早上起床號不響就掃地學雷鋒，睡覺前會將掃把藏在床裡被子下，還把軍用小號塞進被窩裡，讓它和我睡在一塊兒，以便來日起床，就能搶到工具搞衛生。

說訓練，那激情和刻苦，如同今日的孩子吃了激素去奮戰高考樣，齊步、跑步和正步，單槓、雙槓和木馬；射擊訓練可以一次爬在地上瞄準四十分鐘不動彈。就是下過雨，地上漬著泥巴和水凹，班長、排長一聲「臥倒！」後，我人就如樹倒一樣砸進水漬泥巴裡。想一想，那時的熱情與覺悟，真如吸了大麻般，脈管裡的血，沸騰得是能在瞬間煮熟雞蛋的。

也就挨過了兩個月的新兵訓練期，各種軍訓考試後，最後要進行實彈射擊了。靶場在營房外的二里處，開闊、荒寂，地上的沙土是黃河花園口決堤的淤積和遺留，有一種歷史和戰爭的味道彌在沙粒間，讓人爬在那沙土上，都有一種莊重、責任和心慌，好像那叫國家的東西，乾草樣塞在喉嚨裡，當每人十發子彈分到手裡時，手裡的汗，都任重道遠到江河汪洋了。

臥姿。輪流。有時間的限定和約束。以班為單位，射擊

的前行幾步後，持槍、臥倒、匍伏、瞄準後勾動扳機：啪——啪——啪——十發子彈射擊完，就等著百米外靶壕的士兵報靶喚環數。環高的，身後就有戰友的笑聲和掌聲；環低的，大家就都一臉遺憾和惆悵。

輪到我了。

也都還是那動作，出列、前行和臥倒，把半自動步槍架在小土堆兒上，閉左眼、睜右眼，三點一線，讓目光如百米長尺般。沒有什麼特別的，猶如一日三餐沒有什麼好的、不好的，庸常本就是人生最重要的零部件。陽光裡有些冬寒味，可緊張的慌熱把冬寒驅盡了，手裡除了捏著一窩兒汗，餘皆是一片青煙繚繞的步槍啪、啪聲。我就在那一片槍聲中，瞄準射擊著，十發子彈恰好彈盡時間盡，然等待報靶時，那報靶員卻在藍色的胸靶上，看看、看看再看看，彷彿我打的靶標上，沒有一個子彈眼，直到所有的報靶員都報完，他還沒有報出我的射擊環數來。

這邊的班長等急了，大喚道：「零環嗎？」

那邊報靶員突然從靶壕跳出來，站在曠野大地上面叫：「滿環——一百環！」

大家愕然了。

沒人笑，也沒有掌聲鼓起來。我有些不知所措地坐在射擊位，總覺得是臨旁的戰友把子彈射到了我的靶標上。就那樣和全班戰友同榮同辱、疑疑惑惑待了很長時間後，四十幾歲的團長威威喜喜走過來，用他錚亮的皮鞋在我屁股上踹一腳，把我叫到集體射擊場以外幾十米的一塊偏靶地，又給我十發子彈讓我單獨在他的眼皮底下再射擊。

再射的成績環數為九十九。

天知道發生了什麼事。

第二天，團裡派我代表全團參加師裡的新兵實彈射擊賽。我以九十八環的成績成為比賽中的神射手（全師並列第三名），因此榮立了一個三等功。接下來，中越邊境的那場戰爭爆發了，新兵們要提前分到老連隊，訓練好的——尤其是射擊成績好的人，要補充到已經決定參戰的連隊去。而我作為神射手，新兵排長和連長，都找我談了話，讓我做好被調走參戰的一切準備和榮光，並都在最後告訴我：

「沒辦法，誰讓你射擊成績是全團新兵第一名。」

我無言了。

命運原是一把暗袋中的鑰匙，而你就偏偏摸到了這一把。晚上因為對戰爭的憂慮和恐懼，睡不著起床在軍營無人的月光下面發呆時，很想找來一把刀，把我勾扳機的右手食指剁下來。

三天後，新兵連解散，大家都被分到了老連隊，而我因為熱愛寫作，算作人才，沒有被調走分到參戰的部隊去。可和我一同當兵的三個同鄉戰友，卻被分去參戰了。一個二十歲就死在了雲南的戰場上；一個負傷回來退伍回家種地了；另一個，還在戰場上立功提了幹。

那一年的中越邊境戰，斷斷續續打了七、八年，又一場抗日戰爭樣。後來看到的傷亡數字是，僅從2月17日宣布開戰，到3月16日宣布從越南境內撤軍的一個月，雙方傷亡已近十萬人。我方是二‧七萬人，越方六萬人。但另外一些資料說，中越雙方傷亡近乎是相等，我方六萬多，越方八萬人。而

越南那邊說，是我方傷亡八萬人，他們六萬人。

連這樣的生死之統計，都會成為說不清的糊塗帳。然這場戰爭後，中越雙方卻都清晰、有力的宣布自己勝利了。只有我自己，知道自己在人生中敗得山呼海嘯、終身難忘，像靈魂在油鍋煮了一場樣。

這是 1978 年底到 1979 年初的事，都已過去三十五年了。

日本一事

閻連科

　　第一次到日本，自然要到京都的金閣寺和龍泉寺走走和看看。尤其金閣寺，被三島由紀夫在心裡刻寫得太深太久了，有了一種矽化石的記憶般。

　　從金閣寺裡走出來，細雨霏霏著，如同整個日本都蒙在雨裡了。也就到對面旅遊商店裡，歇腳購物，躲閃雨水。這就在那兒看上了兩個日本木刻的少女紅藍娃，問了價格，人民幣百元一個（竟收人民幣）。也就砍價，大刀闊斧，只給店家出五折。店主是女的，渾圓、溫潤，約是對我這樣的中國遊客見多了，對價格冷砍熱殺者並不生氣，只是笑著搖頭，直到我又加價——搖頭——加價——搖頭——加價——點頭，也就彼此用著計算器，完成了這筆意在躲雨的小交易：八十元人民幣一個，我買了一對日本少女木娃兒。

　　就走了，冒雨去往龍泉寺的那一邊。然剛從店裡走出來，因雨在簷下猶豫時，店主又帶了一個懂著中文的日本女店員，追至門口，問我是第幾次到日本。我有些惘然著，在她們面前豎起一根食指來，店主臉上就有些紅的不安了。她通過那年輕的店員急急告訴我，說我第一次來日本，到京都，她就給我那麼不好的印象了，和我討價還價了。說那木娃兒，就五十元一個賣給我——竟就邊說邊做，又把六十元人民幣退回塞到我手裡，還又給我一把傘，說我從龍泉寺裡出來，返回坐車，還要經過她的店，那時把傘留下就行了。

一串事情，三三五五，不等我靈醒反應，她們就又回到店裡經營生意了。我就在那雨天裡，打著雨傘，手裡握著人家退回的六十元錢，讓雨水在傘上敲出寺廟裡的音樂聲。

　　從龍泉寺遊玩回來，已是下午三時左右。天空不再下雨，遊人往來織梭。我去那店裡還傘時，向那店主微微笑著鞠了一個躬，並生拉硬扯，又補給了她一張百元的人民幣，比比畫畫，說那一對木刻娃娃，做工精細、黑髮流暢，包裝也完美無缺，無論如何，百元一個，物有所值，而我不該購買什麼，在哪購買，都要中國習慣，攔腰一刀。說完後扔下那錢，我就從那店裡匆匆出來，趕上公車，像躲著什麼，像要把丟掉的什麼重新找將回來。可卻一路上，還是覺得自己什麼都沒有找回來，輸得細細微微、默默無語，彷彿一幢樓房和一株花草比著高低時，那幢巍樓忽然低矮了、坍塌了。

在倫敦

閻連科

　　三年前，去英國的時候，我和我的妻子，在倫敦的大街上邊走邊看，左顧右盼，不買什麼，也不仔細瀏覽什麼，只是覺得去了，就應該在街上走走轉轉。也就忽然，從身邊走過一個瘦高的歐洲男人，明明已經走去很遠，卻又突然回頭，走到我們夫妻面前，極其突兀錯愕地用結巴的中文問：

　　「你們──吃狗肉嗎？」

　　我倆慌慌忙忙、不知所措地向他擺手和搖頭。

　　而他，這位歐洲中年，這時卻很紳士、很中國的向我們深鞠三躬，而後才又朝前快步走去了。還又回頭極友好地朝我們笑著招著手。

英倫一味

閻連科

敵人之一，是我的記憶。記憶好時，想忘記的都可忘記；記憶糟時，不需記的，又總是不肯離去。還有，對我好的，在我腦裡逗留不會超過三朝兩日，對我糟的，會如冤仇一樣，永遠的無法忘記。

也許，我是一個負義之人。是一個記仇的小人。比如出行。比如出行到了歐洲，還說英國，在倫敦的大街小巷，在英國的鄉村小鎮和同仁家裡，問路、購物、西餐、紅酒，英人的紳士、禮貌、矜持和熱情，多到紅花遍地，反倒不知哪一朵更為好了；也記不得哪一朵開在何處，給了我怎樣的柔美和香味。

然而，有一樁芝麻小事，卻總是不能忘記，盤梗在腦，刀刻一般。2009 年秋，在中國蘇州，由英國某著名出版社在北京的出版機構，組織一翻譯研究活動。在那會上，同幾個英國作家、出版人及漢學家同桌吃飯，他們都是英倫菁英，學識過人，修養好到青山綠水，春暖花開。談吐、說笑，常常比出我的鄉野來。因為那時，我兒子在英國讀書，話題七轉八拐，就繞到了他的身上，繞到了兒子的年齡和婚姻之上，這時一英國名校教授，突然問我到：

「你兒子有對象嗎？」

我說：「有。」

「哪兒人？」

我答：「英國人。」

答完之後，問我的和同桌的英國菁英們，都同時愕怔，全都停餐不語，目光驚異地擱在我的臉上。過了片刻，又一翻譯家為了打破沉寂，輕聲試著又問說：

「英國……哪兒的？」

「倫敦姑娘。」

飯桌上再次奇靜，五、六英國熱愛中國文化和中國文學的作家、教授和翻譯家，臉上的表情都有微妙而明顯的變化。在這變化中，又有一倫敦朋友進之再問到：

「白人嗎？」

我堅定地回答：

「白人！」

再也無語。

所有我英國的同仁好友，都沉默不言，似乎不明白發生了什麼事，怎麼發生的，怎麼能夠發生呢。沉默如山如海。有人開始低頭吃飯，有人只是把目光凝在我的臉上，死也不肯離去，像我和我家，還有我的兒子，偷了他們（英國）的什麼。這樣過了十幾秒、二十幾秒，直到長達幾分鐘，十幾分鐘，整個飯桌，都不再有人說話，死死寂寂，沉默至末，最後是我憋不住了（不忍心），只好噗嗤一笑說：「開個玩笑，我兒子還沒找對象呢。」

於是眾人釋然，重又皆大歡喜，滿桌歡笑了。

一樁小事。是一樁關於英國和英國人的塵粒趣事，與英國人的世界觀、價值觀、人生觀乃至種族觀念，都沒什麼瓜葛糾纏，只是關於英倫人的一樁小事而已。

南希的話

閻連科

今年五月，在巴黎有一中法作家、導演、藝術家與哲學家的對話會。在這個會上，八十歲的法國著名哲學家南希先生說了這樣一段話：

「china 這個詞，最早在歐洲的意思是神祕、古老和文化；幾十年前，它的意思是極左、專制和毛澤東；現在，china 的意思是，低俗、有力的低俗和無可阻擋的低俗。」

挪威三事

閻連科

1.

　　如果每個人，都該在遠方的他國選下一處天堂，我會把我的天堂選定在北歐的挪威。選在那兒，不是因為海水、森林、冰川和絕倫的草地，而是因為在那兒我相遇的人們。

　　我的挪威譯者Brits/Ethre，幾乎今天所有的中國文學要走向挪威，都靠她以一己之力的翻譯和勞作。倘若她和她年事已高的老師停止了對中國當代文學的關注和翻譯，不知從一個國度向另一個國度引入的文學管道，會不會就此關閉和斷裂。

　　五年之前，我第一次從法國去挪威，又要從挪威再去西班牙，因為語言不通，一路上我的各個出版社和譯者對我的精心照顧，一如所有的大人對一個嬰兒的呵護般。接、送、住宿、吃飯、遊覽，哪怕是上一次廁所，他們都會把我送到廁門口，或者陪到廁所內。到了挪威的奧斯陸，景況依然如此。出版社的同仁和譯者Brits/Ethre，把我從機場接到後，說的第一句話是：「我們真擔心接不到你，讓你在機場團團轉。」

　　打車、住宿、吃飯，然後是藉著天色尚早，在奧斯陸的海邊碼頭轉悠喝咖啡。當然，這一切都無法離開Brits/Ethre，如果她不在，我就將如無頭的蒼蠅或者是被砍了頭後還在空中飛著的鳥，那血淋淋的急切，會讓生命變成惘然的死亡。也因此，我就愈發堅信，我的語言之拙笨，可謂天下第一人。為此

每次出國轉機和住宿登記時，那心慌意亂，除了感激沒有心臟病，就沒有第二件事情可做了。

也因此，從奧斯陸海邊轉回來，在街角喝著咖啡時，Brits/Ethre坐在我對面，極度認真地問了我一句話：

「你真的一個英語單詞都不會？」

我苦笑一下說：「我真正的學歷是高中肄業，一天英語都沒學過。」

她想了一會兒：「從奧斯陸去馬德里沒有直達的飛機，要到赫爾辛基轉機你不知道吧？」說著她取出為我準備好的機票，攤在我面前，就像在不知東南西北的人面前攤開一張地圖樣，解說了幾句赫爾辛基機場的方位與座向，轉機的簡單和明瞭，看我依然一臉茫然，像三歲的孩子在聽大學老師講數學，這時候，她從我臉上看到那道幾何難題了，朝我笑一下，讓我等她一會兒，就起身朝街角的哪兒走過去。去了八分鐘或者十分鐘，她又回來對我說，她已經訂好和我同機到赫爾辛基的飛機了。說讓我放寬心，她到赫爾辛基把我送上我轉乘的飛機後，她再飛回來。並且接著道，你不用有什麼內疚和不安，說她十七年前第一次獨自到北京，和我現在一個樣，走在北京的大街上，拿著別人寫好的中文紙條問路時，有一位老太太，一直領著她走了兩站路，把她送到了她要到的地方去。

最後她又笑著說：「這件事，我在心裡欠你們中國欠了十七年，謝謝你，你今天讓我有機會把它還掉了。」

2.

那次是在挪威出版我的第二本小說《丁莊夢》，晚上老闆請客，大家特意把餐館選在一家古堡內，豐盛、好酒和幾乎所有同出版社熟悉並與中國有過相關事宜的人都到了餐館裡。昏暗的燈光、明亮的蠟燭、古碎的磚壁和銀亮的餐具。似乎什麼都有了，只有家住在城外的老闆沒有到。等待中，有位編輯的電話響起來，他到餐館外接了一會兒電話後，回來後說老闆在來的路上出了一個刮擦小事故，女兒傷著了，他說讓大家盡情吃、盡情喝，他調頭回去處理車禍和女兒的傷情了。

於是著，大家鬱悶、擔心一陣後，也就倒上酒，端起杯，開始談些翻譯、出版和挪威人在中國的見聞與難忘，直說、直喝到深夜後，從古堡走出來，看見挪威的月亮是種銀紅色，鋪在街地上，像一面巨大的紅綢撲在奧斯陸的大街小巷裡，走路時，讓人擔心月亮的光滑，能把人們摔倒在地面，於是不敢把腳落上去。

第二天，總想著出版社老闆車禍的事，一見到我的編輯弗·哈登，就急問景況和深淺，弗·哈登卻拿出一本古舊、硬皮、黑色，並毛了邊的舊書說：「這是老闆今天一早讓人帶給你的書——易卜生的戲劇《人民公敵》第二版。第一版挪威已經沒有了，第二版整個挪威只有五本書，其中這一本是老闆收藏的。老闆為了表達他對你寫作的敬意，可又昨夜沒能見到你，今天又不能來送你，他就把他最珍貴的收藏送給你。」

我以最好的方式收藏了那本 1882 年易卜生的《人民公

敵》書。

我想我應該在某一天把那本書重新歸還給挪威去。

3.

是第三還是第四次去挪威的時候，弗・哈登已是我很好的朋友與同仁，知道我對麵食的喜愛，如同一棵樹對土地的喜愛樣。因為奧斯陸的中國餐館少，更是少有專做中國北方麵食的，他就帶我去一家貴州餐館吃炒麵。儘管從烹飪角度說，那炒麵不倫不類，如牛角長在了馬頭上，可也終歸還是麵。也就點了兩份，各人一盤，開始吃起來。吃著時，弗・哈登習慣地拿著手機看了看，似乎有短信什麼的，匆匆掃一眼，他就用比畫對我說，你別急，先吃著，我馬上就回來。

人就慌張離開餐館到外面海邊了。

我不急不慌地吃著麵，和開餐館的貴州同胞說了不少話，直到一盤炒麵吃完了，弗・哈登也剛好走回來。這時候，他的眼圈有些紅，好像剛才發生了什麼事。我問他到底怎麼了，他猶豫一會兒，通過開餐館的老闆告訴我，剛才在手機上看到了最新的新聞說，聯合國到巴勒斯坦的救援組織十二個人，被以色列的飛機誤炸炸死了。人的生命就這樣消失了——

那天中午，弗・哈登先生點了餐，卻是沒吃飯。

那一天，直到黃昏間，弗・哈登都很少再說話。

六月

路經世界盃

2014年巴西世界盃

2014 年巴西世界盃（英語：2014 FIFA World Cup）是第二十屆世界盃足球賽。比賽於 2014 年 6 月 12 日至 7 月 13 日在南美洲國家巴西境內十二座城市中的十二座球場內舉行。這是繼 1950 年巴西世界盃之後世界盃第二次在巴西舉行，也是繼 1978 年阿根廷世界盃之後世界盃第五次在南美洲舉行。

本次世界盃共有三十二支球隊參賽。除去東道主巴西自動獲得參賽資格以外，其他三十一個國家需通過參加 2011 年 6 月開始的預選賽獲得參賽資格。決賽期間總共在巴西境內舉辦共計六十四場比賽角逐出冠軍。這也是首屆運用門線技術的世界盃。

北京時間 2014 年 7 月 14 日決賽場上，德國國家男子足球隊加時一比○戰勝阿根廷奪得冠軍，馬里奧·格策第一一三分鐘上演絕殺。阿根廷、荷蘭、巴西獲得第二至四名。（百度百科）

6月10日我該如何踏入巴西

蔣方舟

　　我對巴西的直觀印象，來自電影《上帝之城》，片頭是一隻雞，牠看到自己的同類被殺被剮，驚恐地啄斷了自己腕上的繩，開始逃亡：奔跑、閃躲、拐進巷子、衝進人群、竄入汽車的底盤。牠身後，是一群追雞的少年，神色興奮，揮舞著手槍，這是一幫少年毒販。

　　一座黑幫之城被緩緩推送到觀眾面前。

　　與「上帝之城」里約熱內盧相比，《黑社會之和為貴》裡的香港文明得近乎虛偽；《萬惡城市》裡的美國黑幫甜膩可愛；《西西里人》裡的黑手黨毫無戰鬥力。里約熱內盧的孩子幾乎人手一把槍，八歲的孩子為了毒品殺死一個七歲的孩子沒什麼大不了。對於一個在里約熱內盧長大的孩子來說，從小熟悉地掌握槍枝彈藥的技能，是想要活過十四歲的基本要求。

　　在真實的世界裡，巴西的貧民窟叫做「法維拉」。2008年的某一天，數百名重裝警察對里約熱內盧的一處法維拉——聖瑪爾塔發動突襲，射殺和逮捕幫派人士和圍觀群眾。這場突襲比往年來得要更猛烈，更重要的是，警察並沒有在射殺結束之後就立刻撤走。

　　幾週之後，當時的總統盧拉到來，宣稱聖瑪爾塔作為改革的開始，從此之後，要實行貧民窟的都市化，為這裡提供基礎設施，提供職業技術學校。居民甚至獲得了從未有過的東西——出生證明和住址。在一場充斥著血與槍聲的「改革」之

後，「貧民窟」朝著一個正常居民社會的方向前進。

對當地居民來說，這是新生活的開始；對於外來者，這是一個「景點」的消失。

麥可·傑克遜曾經在聖瑪爾塔取景拍過〈They don't Care About Us〉（他們不關心我們）一歌的MV，這首歌控訴暴力、歧視、貧窮、對自由的禁錮。當時的巴西政府原本禁止了這次拍攝，因為取景要暴露大部分簡陋的房屋和貧瘠人民的生活狀態，後來官員認為「因禁止拍攝而遭到國際責難比暴露簡陋屋區的結果更糟」，所以准許了這次拍攝，派了一百多名防暴警察到現場維持治安，這些警察也成為了MV的演員，歌詞剛好唱道：「我有一個愛我的妻子和兩個孩子，現在我們卻是警察濫用暴力的受害者。」

描寫黑暗暴力史的《上帝之城》，在巴西本國大受歡迎我並不吃驚。麥可·傑克遜死後，里約熱內盧豎起了他的一座銅像，這才真正讓我覺得這個國家的可敬可愛：不僅允許自暴其短，也容許外來者理所當然的理解。

我和不同的人去過不同的國家，見識過各種旅行者的姿態。百分之十的人，會熟讀該國的歷史文化人物，到每一條街道，都能比當地人更熟絡地說出掌故來；百分之三十的人，出國時候隨身攜帶了一個中國，一到吃飯的時候就拿出瓶瓶罐罐的老乾媽和豆瓣醬，手機不離身地與國內聯繫著，談論的話題也是對於涮羊肉的精神會餐；一半的人，會一個不落地逛完所有旅行手冊上的景點，依次進行拍照、買紀念品、發微博微信的規定動作，行軍蟻一樣地高效規範。

而幾乎百分之百的人，對別人的好奇，其實是對自己的

好奇。人們像是白雪公主的後媽，以他國為魔鏡，想問的卻是：「我是世界上最美的人麼？」

連偉大的人類學家列維‧斯特勞斯也不例外，他年輕時候親訪過亞馬遜流域和巴西高地，寫下《憂鬱的熱帶》。他看著巴西的廣袤、生機與混亂，第一個湧上腦海的也是自己：西方文明獲得秩序的代價，是向地球排泄出有毒的副產品，在世界各地旅遊，最先看到的是自己的垃圾。

我嘗試著以「無我」去看待他人，像在那片土地上世代生存的人一樣去融合他們，而每次都以失敗告終。不得不認清的事實是，所有人都自帶著一個世界，這個世界由我們愛和經歷的一切組成，像水晶球一樣把我們裝在其中，我們往外看到的一切，都經過了自身世界的投射。

6月20日

蔣方舟

　　昨天，我在里約熱內盧看了有生以來第一場現場球賽，上場球員有我喜愛的德國球星厄齊爾。我是德國隊的偽球迷，雖然法國隊踢得更優雅好看，可是大部分女球迷都是德國隊的。雖說男人比較理性，但女人總是對的。

　　通往球場的地鐵裡擠滿了人，大部分都穿著巴西球衣，我假設他們都是巴西人。巴西人有著世界上最複雜的長相，他們幾乎算是白人，卻又有點黑，五官還有點像亞洲人，比如巴西球星內馬爾，某些角度很像何潤東。在巴西，據說有三百多種形容不同膚色從深到淺的名詞。巴西男人的夢想是「娶個白人，黑人當廚娘，混血當性夥伴」。

　　當斯蒂芬・茨威格（Stefan Zweig）在一戰後逃離德國，來到里約時，他深深為不同種族的人和平共處而感動，「平等！博愛！」他說。茨威格把巴西命名為「未來之國」，預言它會創造一種全新文明。現在看來，這種預言多多少少像是諷刺——「你說的未來，到底什麼時候才來？」

　　如今的巴西，依然深受著經濟發展停滯和通貨膨脹的困擾：一瓶飲料要十五元人民幣，一個漢堡要六十元人民幣，酒店價格超過了紐約和東京。我讓懂葡語的人翻譯酒吧裡巴西人的高談闊論——巴西人常常在真誠而愉快地抱怨社會。

　　德法比賽的球場在可容納八萬人的馬拉卡納球場。這裡座無虛席，視線最好的一等票早就被炒到了五千美金一張。

我和零星幾個德國球迷一起，坐在十幾排法國球迷中，這嚴重阻礙了我在比賽過程中表達自己的真實看法——好在作為偽球迷，我也並沒有什麼看法。法國球迷唱歌尖叫和噓聲不斷，而我前排的德國球迷只是在德國隊每個射門動作後安靜而禮貌地鼓掌，就像剛聽完領導致辭。

　　比賽剛過了十五分鐘，德國隊的胡梅爾斯就頭球進球。接下來的比賽緩慢而溫和，現場過於炙熱的陽光讓我懷疑場上的球員已經曬懵了，法國隊製造了更多的射門機會卻一個球也沒進，本澤馬表現並不差卻也沒有反敗為勝。

　　法國隊最後終於換上了吉魯，在周圍人七嘴八舌地用葡萄牙語討論戰略戰術的時候，我孤獨得竟然有一瞬間非常想念劉建宏。

　　現場看球最大的好處在於可以隨意選擇視線的定點，比如在比賽中間沉悶的二十多分鐘裡，你可以選擇一直盯著諾伊爾的翹臀。

　　比賽結束之後，我和坐在草地上不願起來的法國隊一樣，久久不願意離開賽場——我不是傷感於法國隊的眼淚，而是因為這是我人生中和這麼多長得好看的男人最長的相處時間。據說這是一場難看的比賽，可是我找到了世界上消磨九十分鐘最好的方式。

　　有球賽的日子裡，地鐵回程是免費的。車廂裡擠滿了球迷，他們拍打著車廂頂唱著聽不懂的歌，根據各種手勢和表情的拼湊，我猜測歌詞大意是：「阿根廷你們沒戲的，哥倫比亞也請一起滾回家。馬拉多納啦啦啦。」

　　出了地鐵，傍晚的里約變成了另外一個世界。

地鐵站台空無一人，街道變得極其安靜，讓人懷疑是經過這幾天從早上六點就開始的喧鬧，讓人有了暫時性失聰，所有的商店全部關門，只有現代文明之光——麥當勞，還在堅持營業賣漢堡。街道上一個人都沒有，酒店的房間亂糟糟了一天沒有人打掃、地上扔著吃了一半的炸麵包。

有種幻覺，覺得世界已經滅亡了，剛剛那輛車廂裡載的是地球上僅存的生還者，歡迎收看《雪國列車》續集《熱帶地鐵》。

街上的人全部去看下一場比賽：巴西對哥倫比亞。比賽沒有在里約舉行，而是在福塔雷薩的卡朗特朗體育場——因為巴西歷史上從來沒有在那個球場輸過球。

我去了里約最負盛名的海灘科巴卡巴納，那裡有個巨大的球迷廣場，所有買不起球票的人們都擠在那裡看大屏幕。比賽還沒開始時，我被擁擠在幾乎最外一層，每一次人群的歡呼湧動都讓我倒在了不同的柔軟而龐大的肉上。

比賽快開始了，巴西國歌演奏時，鏡頭沒有對準球員或者教練，而是長久地聚焦在一個熱淚盈眶的小男孩臉上，他的臉上塗著油彩，晶瑩的眼淚不斷地湧出，所有人的歡呼和吶喊好像都剎那變得安靜，世界上最吵鬧的運動之一，忽然成為了某種靜謐而神聖的儀式。

那一刻，我真希望自己是個真正的球迷。

6月25日

蔣方舟

聖彼得問上帝：「造巴西的時候為什麼這麼仁慈？給它如此豐富的資源、還有比其他國家少很多的自然災害？」

上帝狡猾地一笑，說：「呵呵，你還沒看我給它的人呢。」

當我排了兩個小時的隊終於爬上山，來到里約熱內盧最著名的標誌──巨大耶穌像的腳下時，我忽然想起了這個笑話。

巴西人已經被黑習慣了。兩個月前，國際奧委會的副主席說巴西 2016 年奧運會的準備工作是他這輩子見過最差的，三月份的時候，國際足聯的官員說巴西是最差的主辦國家，應該「從後面來一腳」。

他們凶悍的苛責多多少少有些不公平，巴西已經花了上億美金來為世界盃做準備，其中 85% 的錢都來自國庫。平心而論，巴西人民還滿拚的。只不過它實在是個效率不高的國家，北部城市薩爾瓦多從 1997 年就開始修地鐵，到了世界盃開幕的前一天，它終於開通了。根據世界銀行的一份報告，在巴西弄點小生意，需要走十三道行政程序，花去一〇七・五個工作日。報上說有一個巴西人在公立醫院做一下尿檢，等了四年的時間──他早就憋炸了吧。

作為世界上最勤快民族的我們，第一個能想到的原因就是：巴西人太懶了。可根據我在里約熱內盧將近一週的觀察，

我覺得巴西人一點也不懶，每天早上六點整，就有響徹全城的鐘聲把人叫醒，其響亮狂亂讓人以為失火了。我爬到窗邊一看，已經陸陸續續開始堵車，人們開始了興高采烈的一天。

巴西像是一個蠢萌的小夥子，帶著六塊腹肌，跌跌撞撞、糊裡糊塗、很努力地朝前走著。

我很喜歡巴西，發自內心的喜歡。來巴西之前，很多人跟我說治安不好，會路遇打劫，導致我來到里約之後，一路都內心戒備神色緊張。在海灘旁邊，一個黑人小夥子忽然大聲向我說些什麼，我神色茫然地看著他；他繼續大聲重複，我緊張地抓緊了自己的包；他湊近了一點繼續說，我一邊大力搖頭一邊趕緊跑開。等跑開十多米，我才反應過來，他以為我是日本人，剛剛說的是他心目中的日語。

我甚至還去了一個貧民窟，這根本無需什麼勇氣，那個貧民窟比警察局還安全。政府在麥可・傑克遜的 MV 拍攝取景地——貧民窟 Santa Manta 派駐了警察，並且把那裡整修、粉刷，變成了一個景點，彩色斑斕的房屋裡住進了友善美好的當地人，快樂的小孩在夕陽下踢著足球，周圍是一堆需要交差但是又不敢冒險深入貧民窟的外國記者。

那個貧民窟更像是橫店影視基地，或者是民俗表演基地，代表了一種模擬的真實。

真實的是怎樣呢？是最保守的估計會有二十萬在貧民窟居住的人因為賽事背井離鄉。巴西政府在 2007 年開始了簡稱為「UPP」的貧民窟清洗計畫，大量的警察進駐貧民窟，與毒販和黑幫對戰。

每年平均有十八個九〇人死於清洗計畫，平均每天警察

要殺死五個人。貧民窟的居民說：「他們先射殺，然後再看是不是犯罪分子」。

80% 的居民是不信任、或者恐懼巴西政府的，而全球的平均數字是 44%——衡量信任與否的問題很簡單：如果我被有關當局帶走，我能否安全地出來？

巴西人民的擔心是有道理的。《紐約時報》的巴西專欄作家凡妮莎·芭芭拉寫道：聖保羅出台了一項新的政策：不允許警察把打傷的嫌疑犯運送到醫院，也不許警察提供第一時間的急救——不是不允許救，而是不允許警察救。這個多多少少有些詭異的規定，是因為發現很多警察在打傷嫌疑犯之後，乾脆在運送醫院的過程中把他們一槍打死。

在巴西，執行 UPP 計畫的警察和普通警察不同，他們全副武裝，他們不能罷工、不能組織工會、不能質疑政府、不能公開反對官方決策。他們的死亡率是正常巴西人的三倍。當我在街上看著他們穿著戰術背心帶著槍，總覺得他們是機械戰警，而忽略了他們其實也是巴西人。

巴西人在這屆世界盃上戰果累累，戰勝了很多別國對手。這場「巴西 VS. 巴西」的戰爭卻有些殘酷。

我見過的最動人的畫面，在里約熱內盧最老的貧民窟 Morroda Providencia，很多棟房子牆壁上有著很多雙巨大的眼睛。在山頂俯瞰整座城市。那是 2008 年的夏天，三個貧民窟的年輕人被殺害了——凶手據說牽涉巴西的軍隊，當地因此發生了抗議的暴亂。一個年輕的藝術家知道這件事之後，他飛到里約，連續一個月都待在貧民窟，照下失去親友的女性的照片，把她們的眼睛，印畫在了牆壁上。

這些眼睛被興奮的觀光客照下：「你看這些畫兒真有意思！」

坐纜車到里約熱內盧北部，大量貧民窟建築綿延不絕，這裡沒有遊客，沒有紀念品，沒有巨型屏幕。美景凝固在鏡頭裡，觀眾守在電視機前，每個人的視野停留在希望停留的地方。

6月30日

蔣方舟

聽男人聊世界盃就像聽女人聊包。

男人興奮地對球員名字如數家珍,如同女人們毫不疲憊地談論數個小時各種款式的包包。男人分析某球員右腳踢出的完美弧線,其癡迷就像女人形容某款包隱約的暗花如波浪、似水紋。

言必稱響噹噹的大牌是膚淺的,挑剔才是行家的特權。男人們會說:「法布雷加斯雖然名氣響,可自從轉會巴薩之後就表現不佳。」「梅西球踢得好,可是作風太球霸,沒有王者之風。」就像女人們挑剔奢侈品:「LV 自從換了設計師之後品味一落千丈。」「包包的樣子雖然好看,可是把產地印得那麼大,太不低調。」

C 羅、內馬爾這些當紅小生,秀髮被做成洗髮水廣告,笑容被做成飲料廣告,裸露的半身被做成內衣廣告,就像是滿大街的「潮人必備」;梅西、羅本、克洛澤,貌不驚人卻是公認的好手,是奢侈品的基本款,永遠是安全的。

進化了的談資,永遠是在說過去——言必稱「時無英雄令豎子成名」,絮叨著「九八年世界盃阿根廷任意球永遠無法超越,亨利、坎貝爾時期的阿森納豈是今時今日的巴薩可以比肩的?」

女人也是這樣,追隨時尚永遠比不上緬懷過去。美劇《紙牌屋》中,下木先生的太太克萊爾,第一季只拎一只 YSL

的 Muse 黑色手提包，實用又低調，已經被用得軟塌塌皺巴巴舊兮兮。仔細一想，也只有這樣才能彰顯出品味。每天為淘寶貢獻「女神同款」的那是《來自星星的你》。

新不如舊，這是陷入品味競賽的虛榮怪圈之後的定理。中產階級們，忙忙碌碌才用雙手擎開一小塊舒適窩，還來不及培養品味，急急地追最新流行來裝點門面；自詡為上流的人，流逝的歲月是累積的資本，他們只歌頌美麗而哀愁的過去，感懷煙花綻放過後天空上的殘骸。他們不怕被說落伍，只怕人沒有注意到舊東西的光澤與褶皺。

最難以企及的時尚，是那些已經停產了的款式。就像是世界上最好吃的東西，是再也吃不到的東西，比如童年祖父母家種的番茄撒上糖涼拌的滋味，某個胡同裡老爺爺生前一天只做十碗的柳州螺螄粉。這種經驗因為無法複製，所以無法分享；因為無法分享，變得無法辨別，任由自己在記憶中無限誇大讚美，終於至高無上。

在足球裡，記憶的光耀屬於天才——哪怕他們只是曇花一現。

天才從貧民窟中殺出一條血路，橫空一世名動一時，沒有流水線選拔，沒有精細調配過的營養套餐，沒有資本的打造，就這樣，如羅馬尼奧、里瓦爾多，橫衝直撞地突破各種紀錄和極限，懵懂似不知自己才華四溢。

天才做什麼都會被原諒。羅納爾多偷情和偷懶都顯得比別人可愛許多。世界毫無底線地容忍天才，因為世界沒有他們就太無趣了。

有種說法，說真正的天賦會確保自己不會被浪費，會堅

持自己蓬勃茂盛。只有缺乏天賦的人才會浪費天賦。可是，如何才算不浪費天賦？濟慈二十六歲就早逝，他的創作黃金期是早早預見了枯萎的盛放，如英國作家傑夫・戴爾所說：「才華必須在短短幾年內完全綻放，而不是用數十年去成熟。」是的，這樣說來，天才的命運是殘忍的。

我最喜歡的球員是荷蘭隊曾經的冰王子博格坎普，最近一次看到他的消息，是厄齊爾在網上放出了與他的合影，與他的繼承人厄齊爾的銳氣四射相比，博格坎普的羞澀靦腆來得讓人陌生。這一屆世界盃的點評人是羅納爾多，他也許因為發福而顯得有些呆，看著只小自己兩歲的克洛澤破了自己的世界盃進球紀錄，沉默無言。

天才一共要經歷兩次死亡。第一次是目睹自己的天賦衰頹，他的墓誌銘停留在最閃耀的一刻，如同海倫的絕世美貌被寫入詩篇，被傳頌千年，然後美人海倫死去，從此她是個平凡的婦人。天才在天賦揮霍之後，把自己流放於平凡生活，然後，等待肉身的死亡。

關於足球

閻連科

　　我不著迷足球，更著迷那些足球迷。

　　真正開始對足球有所淺知還是上一屆在韓國、日本的世界盃。因為世界盃位移亞洲，中國足球也撿漏撞了桃花運，竟也所謂衝出亞洲進了世界圈，似乎再不關心足球，我人就會被時世淘汰凋謝了，也就隨風起舞，去看、去聽、去把電視打開進入五頻道，像準時上下班樣努力掌握著三十二強輪轉賽，十六分之一和八分之一的淘汰賽。點球大戰時，也會捏著一手窩兒汗。可說一定讓我崇敬一個足球隊，那就讓我為難了，巴西、阿根廷、義大利、西班牙、德國或法國，誰都行。誰都無所謂。一如買彩中大獎，自己沒有買，並不怎樣關心到底誰能最後中大獎，一夜間成為千萬富翁或者富比世的榜上人。

　　我知道我是過分自私自我了。

　　今年在巴西的世界盃，我沒有為 C 羅過早的離去而不適，也沒有為內馬爾的傷退而唏噓；西班牙來了又走了，快如開門、關門颭過的一陣風；義大利上了又下了，像一個大牌主角在年邁之後不得不成為配角跑龍套；英國像武術場上的鬥士樣，剛一上來就發現自己內傷還未好，也又早早下台歇息了。而那並不怎樣被人看好的奈及利亞、烏拉圭、智利和哥斯大黎加，他們贏了獲勝了，世人都感歎說意外或黑馬，可那又哪兒不是理該的輪迴和必然。世事總是要千變萬幻的，老退新生，你上我下，甲子輪迴，又哪兒不是世事之必然。

沒有黑馬，只有輪迴。我是這樣想。你有旋轉不息的小白球，人家就該有年年歐冠、世冠的大彩球。一個多麼弱小的人，都有我們的不足之長；一個多麼弱小的民族，也必有我們所不足的文化和天分。烏拉圭三百多萬人，在中國也就是一個小市或大縣，可人家的足球，風生水起，龍騰虎躍，就是那蘇什麼牙（亞）咬人被罰，也有著一個足球人的真愛和真性情，看後反而讓人對他和足球的那種切齒之愛，有了趣敬和難忘。還有他們的總統和全民，都出來為他咬人辯護和歡呼，實足可愛到了可敬去，比足球本身的輸贏和冠亞，更讓人難忘和心悅。

　　想為他們而鼓掌，不是為足球，是為那種人的真性情。

　　還有阿爾及利亞的公民們，為慶賀贏球在法國的街上飲酒狂歡、縱火遊行。行為也許失當和不妥，可那真性情，對足球和生命激情的那份愛，實在在我們身上太為罕見、太為缺乏了。我們的民族太缺少這種對文藝、體育與藝術群起而湧的激情、性情了。我們的激情、性情都耗在了政治、革命和你鬥我、我整你的內訌上。一個民族不為文藝、體育和藝術而激動，必然會在壓抑中最終導致為人與人鬥的激情和革命，如一個永遠沉默不言的人，最終會持刀殺人樣。我很痛恨我自己不是一個足球迷，要用幾年時間和日、韓世界盃，才明白「越位」是足球未到你卻先行並超過了對手一線那行為。這一次的巴西世界盃，我又明白了一個事：「偽球迷」。偽球迷是不懂裝懂，沒有那麼愛而硬要做出那麼愛的人，就像一對高知夫妻總是當眾做出彼此恩愛的客氣樣，可這終歸也是真球迷的前奏與前身。

下一屆俄羅斯的世界盃，我要努力把自己升級為一個偽
球迷。

NBA 與我的長篇同行

　　不知為什麼，從醞釀到動筆，七湊八趕，陰差陽錯，我長篇小說的寫作，總是要和美國職業籃球賽的運程相一致。他們開賽了，我也動筆了。他們在漫長的常規比賽中，我就寫著我長篇小說的開始和發展，到了激烈的季後賽，那我的長篇小說就該進入後半部分的高潮或者結尾了。從《受活》到《堅硬如水》，再從《風雅頌》、《四書》到《炸裂志》，大體就是這個節奏、節拍和進行曲。

　　不是有意的安排，而是莫名的吻合。

　　月月年年都寫作，NBA 又年年季季都有開始或結束。一次總冠軍的孕育和誕生，總是在上一年的年底吹響開賽哨，到下一年的 6 月把賽哨收起來，讓總冠軍舉起那尊奧布萊恩杯，歷時八個月，一屆又一屆。而我的長篇小說，除了《日光流年》因腰病、頸椎病，是爬在床上或仰躺在由北京一家殘聯工廠為我做的特製仰躺寫作椅和寫作架，共在那椅架上用四年時間完成的，之後病一輕，就再也沒有一部長篇用過滿年的時間寫作了，多是半年八個月，也就從前言寫到了後記裡。人家說我是為了外國翻譯才有意把長篇寫得短一些，其實是我沒有寫長的身體和力氣了。

　　總是早上六點半起床，七點來鐘吃早飯，八點鐘前準時坐下寫，寫到十點或者十點半，完成了四頁稿子兩千字（有時多出一點點，但決然不會少），然後筋疲力盡了，也不願說什

麼，就離開書桌和那特製的半豎半斜在桌上的寫字板，到客廳去看賽程內幾乎每天都有的那場 NBA 球賽的下半場或者尾聲再或加時賽。下午就出門見人說話去，晚上九點半左右也就又躺到床鋪上，為第二天的寫作積蓄力氣了。

長篇寫作是個沒完沒了的力氣活，體力上不去，情感也就上不去。沒有足夠的情感和力氣，也甭想寫出好的長篇來。這有點相似一對年輕的情人做愛樣，體力、情力都夠時，那場做愛才會忘我、才會讓作家和讀者都進入仙境、夢境那怕是一場苦痛難忘的魔境遊。

我知道，我的小說沒有讓讀者走進這步境界和境地。為了這境界和境地，我就想方設法分配好我每日的體力和精力，就在寫完兩千字，累了疲憊了，出來坐在電視機前看半場 NBA，緩解了體力和疲勞，也為明天恢復、積聚了一些情感和技藝。這天如果遇上了一場好球賽，或者我喜歡的好球隊和球星贏了球，那體力、情力恢復就快些，如果是我不喜歡的球隊跑在球場上，看還必然看，但體力、情力、技力的恢復必然慢下來。比如邁阿密的熱火隊，這支盛隊我從來沒有喜歡過，因為詹姆斯太無所不能了，你十八般武藝樣樣精通，沒有短板，就缺少可愛之處了。世界上從來都是人敬神，從來都沒有神敬人，所以我不太喜歡那些無所不能的神。我喜歡那些在球場上時有神性的人（如喬丹），不喜歡幾乎就是神的人。早已退役的歐尼爾，我喜歡他是因為他不僅能統治籃下，而罰球時又多會罰失球，這罰球把他從神又變回到了人。喜歡歐尼爾退役後的科比和湖人隊，是因為這時的科比天賊還在，但那股年輕氣盛的張揚氣息沒有了，身上有了一股明知不可為而為之的掙

扎心和奮鬥心。喜歡雷霆隊的杜蘭特，是因為這支球隊從無到有，沒沒無聞，而當杜蘭特和他的球隊名揚天下時，杜蘭特還那樣質樸和原初，不給人一夜暴紅、暴富的豪紳感。還喜歡今年終又奪冠的聖安東尼奧隊。在這支隊伍裡，沒有特別喜歡上鄧肯和當年的雙塔之一羅賓遜，也沒有喜歡上法國的托尼帕克和阿根廷的刀人吉諾比利，更沒有喜歡那老謀深算的教練波波維奇，是他讓這支球隊有了一種陰謀感，總讓人覺得他們贏球不是贏在技術、對抗、透明和隊員們的不敗心，太依賴於教練的設計、預謀和對預謀算計的執行力。但是今年他們再次拿了總冠軍，讓我無比的欣慰和崇敬，因為在這支最年邁、精誠的球隊裡，自上賽季輸掉總決賽，似乎隊裡瀰漫著老驥伏櫪的等待和耐心、忍受和一博。

也許我也到了這年齡。三十幾年的寫作，到了老驥伏櫪的等待和一博，到了為某一部長篇傾其所有的時候了，精力、體力、情力和技力，都已經和人不能並論並說了，剩下的只還有那顆熱愛心。從上世紀的 1996 年，兒子帶著我看了那場公牛第六冠的最後一場賽，體味到長篇小說對我來說，它既不能像拳擊樣把生理和生命全都捏在拳頭上，在那幾分鐘內對抗和擊打，也不能像足球那樣為最後的臨門一腳而長時間的奔跑和奔襲，而恰恰這樣一個每節只有二十分鐘、四節中有兩個短簡息和一個長簡息，且每節賽內還有基本夠用的短暫停的 NBA 的賽制與規制，是多麼吻合我寫長篇的節奏和天命，於是我也就把 NBA 的籃球賽，當作一部長篇小說的寫作了；把我的長篇創作視為 NBA 年年度度的賽程了。七因八果，巧巧合合，就總是把長篇的寫作始末，挪挪移移安置到 NBA 的賽程時間

裡，每二年寫一部新長篇，多都在常規賽間動筆開始寫，季後賽間寫完尾聲或後記，即便趕不上這節奏，也一定要把長篇的重要章節寫在 NBA 的球賽間。

所以說，我的長篇小說就是被人長時間拍來打去的一個球，可你要去踢它和踹它，那就犯了藝術之規了。

書房

　　一個人成為職業作家後，他的家就在書房裡。

　　一個好作家應該是位戀家的人，哪怕那個家沒有海闊的面積，沒有齊整的書架，隨手一扔或順便擺放的書籍、稿紙、鋼筆和墨瓶，就像秋時被風旋倒的莊稼地；哪怕他的電腦連線羅網如絲，鍵盤上的字碼，表面烏黑油亮，而鍵盤的縫隙裡，卻堆滿了灰塵與污垢，但對於作家言，那都是熟悉的、整齊的、要什麼都可以在混亂中探囊取到它。

　　不需要什麼好書架，也不一定在書房堆碼特別多的書。重要的，是看你堆碼了什麼書。那書也不一定本本都要看，重要是看你最愛看的是什麼書。有一種書你一生可能都不會去看它，或沒有能力去看完它，可你搬家到哪它都隨著你，定居在你書架上的一個重要構成間。看不完或者沒看它，它又像神一樣在一個應有的位置上，對別人那也就是裝飾和擁有，但對你，那是因為要表達一種沒有能力欣賞的自卑和神敬，看見它的存在，你就知道自己有多麼卑微和淺薄，就像易卜生總把斯特林堡的畫像掛在自己的書房裡，用斯特林堡的目光時時提醒自己說：你要寫得好，寫不好他就會睥睨、嘲弄你！

　　看一個作家的書房，大約也就可以領略一個作家的品質和品味，就像我們見了高校的碩士、博士生，首先會問你的導師是誰樣。有什麼樣的導師，必然會有什麼樣的學生。有什麼樣的書房，大體也就會有什麼樣的作家了。當然說，怎麼樣的

作家，也自然會有怎麼樣的書房。所以說，有時我們讀作家的作品時，也正是在他的書房瀏覽和漫步。作家的經歷和經驗，那只是作家書房中的書架子，他的結構、敘述、語言和對人心、血脈的探求心，才是書架上豐饒或者寡淡的書，當這些結為一體了，才成為書房的靈魂或者書房體內那顆跳動的心。從這個角度說，書房不僅是作家真正唯一並最為內在的家，而且還是他本人最為隱私、神祕的所在地。他一生的隱私和祕密，都被他藏匿在他的書房裡和書架上。有人總喜歡把客人領到他（她）的書房去參觀；而有人，最擔心客人到他書房查看和翻動，視人在自己書房的走動和瀏覽，有被人窺視的疼痛和不安。而一當他自願領著你到他的書房參觀、瀏覽與喝茶時，他也就把最大的信任託付給你了。

我很少領人朝我的書房去。但去我書房的，大多都是我的摯友和親友，是可以把我的隱私護在他們胸口上的人。

七月

人山人海的書

香港書展編輯

香港書展由香港貿易發展局主辦，是亞洲最大型書展之一。香港書展自 1990 年起舉辦，每年 7 月在香港會議展覽中心舉行，是香港每年夏天的一項盛事，為出版界提供推廣新書的平台，為讀者提供接觸新書及會見作者的機會。書展每年都會與多家出版社與專業機構合作，定出一個獨特主題，並圍繞主題舉辦各項活動。不同於北京國際書展的以版權貿易為主，香港書展是以現場售書為主，相當於內地的書市。

由於香港的獨特背景，兩岸三地的出版商可同時參展，此外，亦有部分來自東南亞和其他國家的出版商參展。1997 年開始，書展並會舉行「國際版權交易會」及「印刷服務展覽會」。然而，隨著書展的零售成分逐漸被注重，版權交易已甚少在書展中進行，而且書展也沒有專為業界人士而設的參觀時段。

2014 年第二十五屆香港書展，七天吸引逾一百零一萬人次，平均每七個香港人就有一個逛書展的。（百度）

一個村莊的中國與文學

閻連科

一、一個村莊的地理

　　有一個村莊，那兒住著我的父親、母親，爺爺和奶奶，還有我的哥嫂和姊姊們，一如荒原的哪兒，生長著一片和其他野草毫無二致的草，也如沙漠的瀚海裡，有幾粒和其他沙粒毫無二致的沙。我記事的時候，那兒是個大村莊，接近兩千人，現在那兒是個特大級的村莊，五千多口人。村莊的膨脹，不僅是人口的出生，還有移民的洶湧。如同全中國的人都想湧向北京和上海，全世界的人都想湧向美國和歐洲，而那個村莊四鄰的村落——山區裡的人，都渴望湧向我家鄉的那個村。

　　因為，那個村莊百年來都有條商業街，方圓幾十里的人，五日一趕集，都要到這條街上買買和賣賣。而現在，這條街成了一個鄉間最為繁華的商業大道了，如同北京的王府井，上海的南京路，香港的中環，紐約的百老匯，經濟、文化、政治與民間之藝術，都要在這條大道和我們的村落醞釀、展開和實施。這個村在中國狂飆式的城鎮建設中，已經成為一個鎮——這個村，是鎮的首府所在地，相當於中國的首都在北京，日本的首都在東京，英國的首都在倫敦，法國的首都在巴黎。所以，那個村莊的繁華、膨脹和現代，也就不難理解了。

　　我多次寫過、談到過，中國之所以叫中國，是因為古人以為中國是世界之中心——因此才叫了中國的。而中國的河南

省，原來不叫河南，而叫中原，那是因為中原是中國的中心才叫中原的。而我們縣，也恰好正在河南的中心位置上。而我們村，又恰在我們縣的中心位置上。如此看來，我家鄉的這個村，也就是河南、中國，乃至於世界的中心了。這是上天賜予我的最大的禮物，如同上帝給了我一把開啟世界大門的鑰匙。它使我堅信，我只要認識了這個村，我就認識了河南、中國，乃至全世界。

少年的時候，某一天的夜裡，我意識到我們村就是中國的中心、而中國又是世界的中心時，我內心有種天真而澎湃的激動——因為我清晰、明確地感到，我是生活在世界最中心的那個座標上，也因此，我想要找到這個村莊的最中心，如同想要找到世界上最大那個圓的圓心點，也就借著月光，獨自在村莊走來走去，從傍晚走到深夜，一遍一遍去核算村莊東西南北間彼此的距離與遠近。而那時，我家是住在那個村的偏西端，可因為村落膨脹，有很多人家蓋房都又在我家更西的村外邊，如此一思想，一計算，原來我們村的中心就是在我家的院落裡，就在我家的門口上。

原來，我們村就是世界的最中心；而我家的門前和院落，又是村落之最中心，這不就等於我們的家、我們村就是世界的最最中心嗎？不就是世界這個巨圓的圓心座標嗎？

意識到我們家、我家門前和鄰居以及只有我熟悉而外人完全不知的村落就是世界的中心時，我的內心激動而不安，興奮而悲涼。我激動，是因為我發現了世界的中心在那兒；我不安，是我隱隱的感覺到，生活在世界中心的人，他們冥冥之中會因為是中心而比全世界的任何人都有可能要更多的承擔、責

任與經歷。那承擔和經歷，可能會是一種苦難、黑暗與榮譽，如同火山岩漿的中心，必然要有更為熱烈的煮沸樣，大海最為深處的中心，也最為冷寒和寂寞樣。而我家這個世界之中心，也必將有更為不凡的經歷和擔當。說到興奮，那是因為我那時太為年幼無知，當這個孩子發現了世界的中心在哪時，無法承受、也不敢相信世界的中心是我發現的。我擔心人們不僅不相信還會藐視、嘲弄我的發現與祕密。

說到悲涼，是因為除了我，全世界還沒人知道我們村就是世界之中心。我為我們村莊而悲哀，一如皇帝淪落民間而無人知曉樣；我為世界上所有的地方和人種而悲哀，他們生活、工作、孕育、世襲了數千年，卻不知道他們生活的世界的中心在那兒，就如他們每天從他們家的屋門、大門進進和出出，卻不知道他們家的大門、屋門是朝東還是朝西樣。

那一夜，我大約十幾歲，夜深人靜，月光如水，我站在空寂的我家門口上——世界的中心位置上，望著滿天星斗、宇宙辰光，一如《小王子》中的小王子，站在他的星球上，望著星系的天宇般。我為不知該怎樣向世界宣布，並使世人相信我家的那個村莊就是世界的中心而苦惱、而孤獨，而有一種無法扼制的要保守祕密的悲苦與悲涼。

二、村莊裡的百姓日常

當我發現並認定，我家鄉那個村莊就是世界的中心後，有一串不一樣的事情發生了。我發現我們村莊的任何事情都充滿著日常的奇特和異常，連它周圍小村莊裡的事，都變得神

奇、傳奇和神話。

比如說，善良與質樸，這本是中國所有鄉村共有的美德和品質，可在我們村，它就到了一種極致和經典——在我八、九歲的時候吧，那時是中國的文化大革命，飢餓和革命，是真正壓在人民頭上的兩座山。可這時，我們村去了一個逃荒要飯的年輕女人，因為她是啞巴，也多少有點智障，因此，她到誰家要飯，大家都把最好吃的端給她。因為她是個討荒者，走過千村萬戶，哪裡的人最為善良和質樸，她最可以體會和感受。當她發現我們村對她最好時，她就在我們村——我們那個生產隊——今天叫村民小組的打麥場上的屋裡住下了。這時候，我們村就把她視為同村人或者鄰居乃至親戚了，誰家有紅白喜事，都不忘給她留一碗肉菜、拿一個很大很大的白饅頭。到了下雪天，誰家改善生活，還會把好吃的端到村外，送到她住的麥場屋。

天冷有人給她送被子，天熱有人給她送布衫，還有人洗衣服時會順便把她的衣服洗一洗。不知道她怎樣感受我們村——這個世界中心的人們的質樸與善良——但是我覺得，我們村人的美德，可以成為全世界人的鏡子或教課書。她就這樣在這個村落住下來，一住幾年，直到有一天，人們發現她懷孕了——村人們不知道那個男的是誰，因此就有一群叔叔、伯伯和嬸嬸們，都拿著棍棒和鐵鎬，在村街上大喊大罵，要尋找和打死那個十惡不赦的姦夫。

當然，尋找姦夫的結局是失敗的。

可從此，村人對她就更加呵護了，完全像照顧自己家的孕婦一樣照顧她。送雞蛋，送白麵，快產時幫她找產婆，一直

到她順利產下一個小姑娘，把這個她親生的骨肉養到一歲多，有一天她突然不辭而別，半個村人都圍著那兩間空房子，感歎和唏噓，像自己的親人丟了樣。

這是世界上最平凡而偉大的故事，是人類最質樸的情感和善良。唯一遺憾的，是我們村人忘記了她那時還年輕，她也需要愛、情感和男性。也許她的孩子，也正是情感和愛的結晶呢。在我長大後，我常常很遺憾，那時的村人們，為什麼沒有想起給她介紹一個男人讓她在村裡徹底落戶，成為我們村真真正正的一員呢？

善、美、愛，這是人類賴以存在的最大的根本，可這種高樓地基般的根本，在世界中心的那個村莊，比比皆是，遍地開花，普遍、普通到如家常便飯，每每回憶起來，我都會從夢中笑醒，彷彿我輕易就碰到了我人生中最為中意、漂亮、賢淑、慧心的姑娘樣。

當然，那個村莊——那一片土地，它是世界的中心，它所發生的一切，自然是不能、也不會和世界上其他地方的事情一樣的，一如來自一個星外的人，他的舉止言行，決然不會和我們一模樣。

八〇年代初，中國改革開放了，鄉村富裕了，在那塊土地上，最先富起來的人，想要擁有一輛小轎車，就去中國的上海買了一輛桑塔納，一天一夜從上海開到了那片土地上——要知道，那時縣長才有轎車坐，而這農民就有了。他把轎車開回來，停在他家院落裡，全村人、鄰村人，都到他家參觀看熱鬧，宛若村人們那時第一次見到電視機——可在那一天，我們

那兒下了一場雨。雨似乎有些大。下了一夜後，這輛車的主人第二天起床一看，他家門前的路被沖垮了，橋被雨水沖到了溝底去。從此後，這輛桑塔那，就再也沒有離開過那個村落和院子，永遠停在了那家院落內，成了時代和生活長久不變的展品、紀念品。

時代總是發展的，一如河流總是日夜不息的流。在那片土地上──我們村邊上的另外一個村，不知為什麼它就富裕起來了，成了省裡扶貧致富的大典型。省長、省委書記還隔三差五去視察、關心和講話，因此銀行的貸款也就源源不斷地到那個村。為了富上加富，為了讓天下人都知道這個社會主義新農村的好，這個村莊，自己出錢拍電視劇，還上了中央一套的黃金檔──順便說一下，我是編劇之一。為了證明他們的確富，為我們縣和全省乃至全國爭了光，這個村貸款買了兩個小飛機──飛機的俗名叫做「小蜜蜂」，準備讓去村莊參觀的人都坐在飛機上，繞著天空飛一圈，看看偉大的社會主義就是好。而那想坐飛機的老百姓，只要交上一百元，就可以實現一生坐過飛機、遨遊天空的中國夢──多麼美好的願景和生活，可那兩隻小蜜蜂，用汽車運到我們那兒後，組裝、試飛一上天，有一架飛機的翅膀斷了下來了，從此那兩架飛機就用帆布永遠遮蓋起來了。

從此那個村，就又變得貧窮了。

現實生活中，總是有超現實的事情發生著。而最庸俗的日常中，總是有最為驚人的深刻與人性。村人們終歸是那世界

中心的人，哪兒似乎都和別人不一樣。尤其是，在這幾十年的中國，人心和人性巨大的變化，才真正如山火岩漿最深處的沸騰。幾年前，我回到了那個村，回到了我們家，我有一個弟弟去看我，他非常悲傷地告訴我，說村人都在致富的道路上闊步向前了，而他的命運之路總是那麼不平坦，多災多難，有崖無路，有河無橋。他說他好不容易賺錢買了一輛大卡車，跑運輸剛剛掙了一些錢，卻一不小心開車碰到一個騎自行車的人。這騎車的人是婦女，車後邊還有個五歲的小男孩。小男孩從車上掉下來，未及送到醫院就死了。我這個弟弟說，沒有誰比他更為倒楣和苦悶，因為在那片土地上，這些年發生這樣死人的事情是經常的，一般都是賠上幾千元或者一萬元，事故也就了結了——畢竟出事故誰都不是故意的，畢竟都是那一片土地上的熟人們，都善良，都理解；還有撞死了人不僅不賠錢，兩家反而成了親戚，成了好朋友。可是他，撞到的這婦女——那個五歲的孩子——一個鮮活生命的母親，沒有那麼善良和講理，硬生生讓他賠了三萬元。

一個生命的消失，三萬元的私議賠償，我弟弟為此的感歎和傷悲，這讓我無言到幾年時間都不知道該怎樣來理解那兒的日常發生和變化。

我知道，那個世界的中心，已經不是昨日的那個中心了。它隨著中國的變化而變化，與時俱進，人心不古，人們為了錢、欲望而正在快速地丟失著美好的倫理、道德與理性。人們往日純樸的精神正在被快速地掏空和瓦解。而這樣的變化，卻又在牢固的鞏固著它——中國之中心、世界之中心的地位和

座標。因為，整個中國也和我們村一樣，都已經沒有精神生活，正在被瘋狂的物欲、金錢所左右。似乎全世界也都是這樣子，金錢、物質高於一切，大於一切，等同於一切了。

更為重要的是，這樣的精神淪喪和流失，已經成為了那兒人們生活的新日常。成為了最日常中的日出與日落。成為了習俗、習慣和血液般的地域文化了。比如說，為了致富，村落周邊豐富的樹木都被偷盜砍光了。而為此，林業部門又培育了一種轉基因的新樹種——二年時間就可以長成材料的新楊樹。當原來數十種鄉村樹種都被這一種樹木取代時，如同世界上成千上萬種的動物都已不存在，只還有只需三個月就可以長成出欄的轉基因的豬——這是多麼可怕的一種日常啊！

比如說，為了金錢和欲望，現在人們又喜歡偷盜了。有一年——因為我是作家，人家以為我家裡有錢，一年內我們家的大門被撬過四、五次。在那個村，被撬門偷盜的不是我一家，而是幾乎所有被認為富裕的家庭門鎖大都被人撬開過——這也許是中國的一種打富濟貧吧。總之說，過去被人們最為不齒的偷盜，也多少成為那兒的新日常。

日常的巨變，才是一種最深刻的變化，也才最有中國特色和中國中心的代表性。

三、村莊裡的中國

如果一個村莊裡的吃喝拉撒、柴米油鹽、家長裡短，還不能說它最為中國的話，那我們來看看這個村莊裡的大事情。什麼是國家之大事？無非是政治、權利、外交、戰爭等等吧。

先說政治和民主。

早些年，中國農村的基層幹部實行民主選舉了，老百姓可以投票選村長。有一年，這個中國的中心選村長，兩個競選者，一個挨家串戶去拜票，到哪一家都提著禮品問寒問暖，許下許多願。另一個就索性早上在大街上包了兩家專做牛肉、羊肉湯的飯店──我們那兒的村人，早上愛吃牛羊肉──他包了這兩家牛、羊肉館，讓村人到街上隨便吃、隨便喝，還隨便往家裡端。結果是，後者比前者更大方，花錢更多，他就當上村長了。情況和我在《炸裂志》中寫的一模一樣。現在，村裡的村支書也要村裡黨員選舉了。我哥哥是黨員，每到選舉的時候，他都嚇得不敢回家，因為想當村支書的都要找他、纏磨他，請他喝酒吃飯，希望他投一票。結果他只要村裡開始投票選舉了，就要躲到外邊不回家，躲開這場民主的事。而有事不得不回家，就半夜偷偷溜回家裡去。

我哥對我說：「要民主幹啥呀，真真假假，還不如你們領導直接說了算。」

說說政治學習吧。

政治學習是中國的大事情，目的不僅是讓你有政治覺悟，更重要的是讓你和中央高度保持一致。不久前，我回了我們家，走在村街上，我們村長老遠跑過來，我以為是迎接我，誰知他見了我，說了這樣一句話：

「回來了？回來回家吧──我得抓緊去學習總書記聯繫群眾路線的文件哪，要抓緊和中央保持一致呢，一天都不能和中央分開來。」

我愕然。

我想笑。

我也深深的有一種驚懼感。知道政治學習這件大事情，從文化大革命到現在，幾乎從來都沒放鬆過——哪怕是偏遠之鄉村，也還依然如同文化大革命。

第三，看看我們村莊的戰爭觀——戰爭是一個國家權力、政治與外交最極端的形式。從我們村莊對戰爭的大略認識，正可以體味許多國之大事、重事與核心。

我們那個村，從我記事起，見過世面的人，最關心的國家大事就是戰爭了。一是關心什麼時候解放台灣；二是關心中國到底能不能打敗美國。我大伯、我叔叔，他們在活著的時候，也就幾年前，每年我回家提著補養品，坐在他們的病床邊，他們都拉著我的手，讓我替他們分析國家大事和國際形勢。問我到底什麼時候解放台灣，能不能打敗美國。我當然告訴他們，很快就要解放台灣了，也一定能夠打敗美國。我解釋說，很快解放台灣而沒有去解放，是因為台灣人畢竟是同胞，真打過去得打死多少同胞啊，所以遲遲未解放，還是以和平相處的方式好。說對付美國也不難，中國有原子彈，打不過、逼急了，就發射幾枚原子彈，也就把美國問題解決了。

我伯伯、叔叔、村人們，他們都相信我的話。我這樣說完他們就對民族、國家充滿信心了。

現在，我們那個村，全村人都關心釣魚島。都罵中國領導人膽小、怕事、腰不硬。他們說：「日本人算什麼，往他們日本放兩顆原子彈，不就一了百了，一清百清了。」

這就是我們村的政治觀、戰爭觀、權力觀、外交觀和民主自由、人權觀。所以，把我們村莊的事情放大一點點，它就

是整個中國的；把中國的事情縮小一點點，它就變成我們村莊的事情了。

所以說，這個村莊就是最現實的中國；而當下的現實中國，也就是最當下的我們的村落。

四、村莊裡的文學

這樣一個居於世界中心，又近乎等於中國的村莊裡，它有沒有文學存在呢？

有。當然有。不僅有，而且它的文學，無與倫比、經典偉大，藝術價值之高，堪為空前絕後。世界上最偉大作家的作品，放到那個村，都顯得輕微、渺小，不值一提。世界上多麼現代、前沿、探索的作品，放到那個村，都顯得陳腐，舊敗、傳統和落伍。而世界上古老、經典如《荷馬史詩》、《一千零一夜》、《神曲》、《唐吉訶德》、莎士比亞戲劇等，這些偉大的傳統精華，放在這個村莊，卻不僅不顯得傳統和落後，反而會顯得現代和超前。

比如說，現代之父卡夫卡，讓二十世紀幾乎所有的作家都感歎和敬重。可在那個村莊裡，一千多年前，就傳說人生轉世、脫胎換骨，如果你應該變為豬、變為狗，但因為走錯了門，結果成了人；有一天你正睡著時，神還會把你從人變為豬，變為馬。這比格里高爾一夜醒來變為甲蟲早了一千年。

在那個村莊裡，我小的時候就知道有個村人有一雙「貓鷹眼」，白天什麼都看不清，可晚上，什麼都能看得到。天色越黑，他看得越遠。所以誰家的祕密，男人女人的齷齪事，村

裡的賊又偷村裡誰家什麼東西了，他心裡一清二楚。他的那雙眼，宛若村裡黑暗祕密的探照燈。這神奇、這魔幻，比馬奎斯的神奇、魔幻不知真實了多少倍。

但丁的地獄、煉獄夠傳統經典吧，可我們村莊流傳的地獄篇、煉獄篇，比但丁的還早上千年，比《神曲》中描繪的情節、細節更為驚心動魄，有教化意義。《唐吉訶德》中的風車大戰，形象生動，是西班牙最為形象的精神象徵。可在我們那個村莊裡，傳說中推磨人與磨盤的戰鬥——他要用他的力氣、韌性和毅力，推著石磨不停地走，不歇地轉，直到把石磨的牙子磨平，把石磨的石頭磨得消失，讓石磨和又粗又大的磨棍一起說話，喚著「認輸了、認輸了」，才肯停下推磨走動的腳。

杜思妥也夫斯基在《卡拉馬助夫兄弟》中，有一個神父布道的情節。在那個情節中，耶穌本人就假扮成最普通的教民在那兒聽神父布道，看信徒懺悔。我讀這本書時，到這兒有一種戰慄感。可後來，我看見我們村的人，他們最微不足道的宗教行為，都比這偉大的文學情節更為動人和震撼——我們村，有個七十幾歲的老奶奶，她不識字，從未去過教堂，也從未去過什麼神廟燒香或磕頭。她一生未婚無子，一生沒沒無聞，種地、拔草、養雞、種菜、掃院子、打秋果。她活著就如在世界上不曾存在樣。她一生最驚天動地的事，人們也不曾記住過。可是她，一生中無論是在中國絕對「無神論」時期的文化大革命，還是開始物欲橫流的改革開放時期，她每天一早一晚，只要起床出門，都要站在她家上房屋的窗台前——那窗台上永遠擺著用兩根筷子捆綁起來的十字架，她就在那筷子綁的十字架前，每天、每天默默的祈禱和「阿門」，數十年從來沒有間斷

過。

　　兩根筷子捆綁的十字架，幾十年從未間斷的每天的祈禱和祝福，一生未見過教堂是什麼樣的人——這位老人，她的虔誠心、樸素心，遠比《卡拉馬助夫兄弟》、《紅字》等經典作品中有關信仰的情節、場景更為動人和震撼，我每每想起來，心裡都止不住的跳動和哆嗦。

　　一切偉大、豐富、悲痛和歡樂的文學故事和情節，凡我從書上看到的，仔細一回憶，都在那個村莊曾經發生過。都比我小說中的描寫更為真實和震撼。只是我的愚笨，使我不能從那個村莊更早的發現和感知。我太多的看到了那個村莊的街道、房舍、莊稼、四季和人的吃喝拉撒、生老病死等。我被那個村莊日常中國的物質、物理、生理的生活所淹沒，疏忽了那個村莊超越物質、物理、地域的精神和藝術。直到現在，我寫作三十餘年，才逐漸感悟到，原來我家鄉的那個村莊，本身就是一部世界上最為偉大的作品。是世界上自有文學以來，所有作品的成就加在一起，都無法超越的作品。

　　中國的偉大小說《紅樓夢》中的大觀園，那建築、那奢靡，我們村莊是沒有，可《紅樓夢》中的人物我們村裡全都有。賈寶玉、林黛玉、薛寶釵、王熙鳳、劉姥姥，全都活在我們的村莊裡。《山海經》的傳說和《西遊記》中的花果山，就是不在我們村，也與我們那兒那塊土地相聯繫。李白坐在我家門口的山上寫過好多詩。白居易和范仲淹，覺得我家那兒山水好，風水好，就埋在我家鄉那塊土地上。那兒實在是一塊文學天堂的百花園，是天下文學人物與故事的大觀園。可是我，不僅沒有能力把它們寫出來，甚至沒有能去發現、感覺和想像。

　　　　　　　　　　　　|　兩代人的十二月　|

我一切的無知，都源於對那個村莊和那片土地認識的不足，如同我們看到一切沙漠的乾旱，都在於我們內心沒有綠洲樣。而現在，當我意識到，我的村莊正是沙漠中的一片文學的綠洲時，我的年齡、我的生命和力不從心的命定的限度和煩惱，也正在限制著我穿越沙漠走進這片綠洲的腳步。但好在，我已經開始知道那個村莊，正是一部最偉大的作品，是一片瀚海中的島嶼，沙漠間的草原，而我，也正跋涉在朝那兒行進的途道上。

五、村莊裡的讀者們

有文學，必然就有讀者；有藝術，必然就有欣賞者。這個村莊因為他們的日常和超日常，行為的個人性和民族性，日常所思和靈魂所慮，不僅都是文學的，而且還是嚴肅文學和陽春白雪的純文學，決然不是外來者走馬觀花看到的大眾文藝和俗文學。只有那些庸俗的作家和藝術家，才會從他們身上看到大眾、滑稽與無意義。中國偉大的作家魯迅，是從這樣的村莊看到和感悟最多、也最為深刻的。沈從文和蕭紅，也是對這樣的村莊最有感悟的。正因為如此，這個村莊的人，作為讀者時，也就懶得去看魯迅、沈從文和蕭紅了。你們說《阿 Q 正傳》好，他們覺得這有什麼好？我的鄰居不就和阿 Q 一模一樣嘛。你們覺得祥林嫂是世界上最值得同情的人，他們覺得我家對門那大嫂，比祥林嫂更為祥林嫂，更為值得可憐、同情和幫助。華老栓、孔乙己，在我們的村莊，百年來就沒少過斷絕過。小翠和那條澈清的河流是美的。那我們村頭的河流與洗衣

錘布的姑娘她就不美嗎？《呼蘭河傳》裡的街道、水塘、花園和芸芸眾生的人，那有什麼值得去看呢？哪個村、哪戶人家不是世世代代、年年月月都是這樣嗎？

一切抱怨農民或說那個村莊沒文化、不讀書的聲音都是錯的偏頗的。

他們不是不讀書，而是不讀我們說的陽春白雪純文學。之所以不讀純文學，是因為他們的生活、日常、行為，無不都是純文學。他們為什麼愛看《三國演義》、《水滸傳》？因為這兩部小說和他們的生活、精神正相反，故事有很大的庸俗性和通俗性。為什麼愛看《西遊記》？因為《西遊記》中的情節、細節離他們遙遠有十萬八千里，永遠不會發生在他們村莊裡。正如絕多的讀者喜歡閱讀他們陌生的或在陌生中似曾相識的，再或是閱讀一種熟悉的陌生——如我們閱讀福克納、卡繆、海明威、羅布格里耶、卡爾維諾、克魯亞克等，還有昆德拉、羅斯、《米格爾大街》、《雪》、《亡軍的將領》等，之所以要閱讀，是因為熟悉而陌生。在這個層面上，我們村的人，他們識字有文化，但他們不讀魯迅、沈從文和蕭紅的書。因為他們太熟悉那些人物和情節了。他們讀古典武俠和金庸，是因為他們身邊和生活中完全沒有這樣的故事和情節。他們看《還珠格格》和宮廷電影與電視劇，是因為他們作夢都夢不出那樣的場景和情節，熟悉與陌生的閱讀效應，在這個村莊和他們身上，起著決定作用了。

除此之外，最令人想不到的事情是，他們不讀魯迅、沈從文，卻很熱愛閱讀托爾斯泰和杜思妥也夫斯基，喜歡雨果的《鐘樓怪人》。我們村，八〇年代中期，那時我當兵離開村莊

幾年後，回去發現我們村莊有兩本偉大的小說：《安娜卡列尼娜》和《鐘樓怪人》。那兩本書在村莊中的年輕人手裡傳來傳去，被看得陳舊破爛，後來他們用牛皮紙把小說的封面完全包起來。他們看完這兩本書後感歎說：「啊──原來外國人都是這樣活著啊！」

對於這個村莊的讀者言，真正直接寫了他們和他們靈魂的，他們是不屑去看的。從這個層面說，每一個偉大而擁有自己的一片土地和一個（一片）村莊的寫作者，想讓那個村莊和土地上的人，普遍閱讀你的小說都是枉然和不可能。美國南部「郵票之鄉」的鄉民沒有必要去看《喧譁與騷動》，他們寧可去讀《飄》和觀看西部牛仔片。加勒比海岸的人，也無須知道有個作家叫馬奎斯，無須知道有個叫格雷厄姆・格林的英國作家早就把他們寫入極為嚴肅的故事了。

中國的作家趙樹理，一生最大的失敗，就是他希望他家鄉那塊土地上的人，都來讀他的小說──他要為他們而寫作──而趙樹理一生最大的成功，就是他沒有完成自己的夙願。如果那塊土地上的人，如趙樹理所願，都讀他的小說，那今天的趙樹理，將在文學上不值一提。那塊土地上的人，不看趙樹理的小說，才是趙樹理的成功之處。一如魯鎮──今日紹興的百姓，只為魯迅驕傲，而不閱讀、理解魯迅樣。

被剖了靈魂的人，不會去看自己的靈魂血──這是文學最基本的規律。

〈延安文藝座談會上的講話〉，最大的謬誤就在這兒，要文藝去寫工農兵，還要工農兵去閱讀寫了他們的書，最後的結局必然是煙雲的運動和聲息浪止的口號。生活的真實發生和

文學，幾乎沒有真正對等的聯繫。所以，山西大地上的晉人，不讀趙樹理，才是對趙樹理的獎賞和愛戴。

我們那個村裡的人，那個村裡的讀者們，他們是世界上最好的讀者和真正文學的試金石——因為他們是最明白文學的本質與他們是何樣關係的人。

六、這個村莊與我之關係

在那個村莊裡，我是很有名的人，可謂家喻戶曉、人盡皆知吧。

我有名不是因為我寫了什麼小說和散文，而是因為他們都知道我是作家，能掙稿費，這稿費能讓我母親和生活在那個村莊的兩個姊姊過得較為體面而有名。更為重要的，之所以我有名，是因為我們縣裡的縣長、書記和鎮上的鎮長、書記等，他們都是大學生和碩士及博士，是非常明白的讀書人，覺得我給家鄉掙了光，我回家時，會去我家看我或請我吃頓飯，並且在我家和我告別時，會當著我們村人喚：「連科，有什麼事要辦了說一聲！」

這樣我就在我們村成為了大名人，連縣長、鎮長都去我們家看望的人。而就我們村，你寫過什麼作品，哪些好，哪些不太好，這對他們不重要。但這對我很重要。這就把我和這個村莊構成了這樣的關係：我源源不斷地去那個村莊索取和偷盜，而那個村莊對此近乎一無所知，從來不知道。那兒是我寫作取之不盡的一眼泉，我從那眼井泉中挑走一擔水、十擔水、百擔水，對那眼泉水來說都無所謂，因為它常流不息、日夜流

淌，你不挑走那些水，那泉水也會自然漫溢、流走和消失。

我成了那個村莊無止無盡的索取者。

成了那塊土地不需要給它們有任何回報的兒子和後人。

那麼，那塊土地究竟要讓我做些什麼呢？父母把我出生在那兒，養育在那兒，讓我的青少年時期在那塊土地和他們一樣經受了太多的苦難、記憶和歡樂。直到現在，為了讓我寫作，他們還日復一日地供給著我的心靈、頭腦，筆端所需要的一切情感、煩惱、痛苦、歡樂和憂愁。他們供給我所需的一切故事、情節、細節和牙牙學語的語言和感覺，乃至我在世界各地走來走去，連所謂演講、討論的題目和內容，都要從那個村莊去無償的領取和挑選。那麼，他們究竟要我為他們做些什麼、回報一些什麼呢？

千百年來，他們有無數的苦難，家家人人，都歷經滄桑，可他們不需要有一個人替他們代言寫出來，因為他們認為，經歷苦難，是人生之必然，不經歷苦難，那怎麼還叫人生與活著呢？他們有無數的有意義與無意義的歡樂，也不需要有人替他們描繪與表達，因為他們知道，那歡樂是苦難的回報，是他們戰勝苦難的必然，如桃李走春，到了秋天或多或少都會有著果實樣。

如此，我不斷地寫作、寫作、再寫作，從這個村莊講述、講述、再講述，就真的是為了名、利和成為一個在中國、乃至世界上都有些名聲的作家嗎？如果是這樣，那個村莊供給我了三十餘年的故事、情節與細節，我難道不應該給他們回報一些什麼嗎？可我又能回報什麼呢？而且這些不一樣的故事、情節、細節，歷史與現實、生老與病死、時間與土地，一切的

一切，它是只朝我一人敞開大門的文學的庫藏，像只朝我一人敞開胸懷，供我奶汁的母親，甚至是經過很多年、很多年，很多思慮和波折——如藏傳佛教，千年萬年，千里萬里，最終選定那個轉世活佛樣，來選定我成為那個村莊和那片土地上的一個寫作者，讓我經歷、感受、感悟和思考，以我最個人的方式，去講述永遠也無法離開那村莊和那片土地的各種各樣的故事、人物和人們內心的喜悅與苦痛，他們——那個村莊和那一片土地，到底、到底是為了什麼、圖報什麼呢？

到現在，經過三十餘年的寫作，我才知道那村莊、土地、人們是為了什麼、想要圖報什麼了。他們其實什麼也不為，什麼也不圖報，僅僅是選定我來寫作後，用我的寫作來證明那個村莊、那片土地，確真是中國和世界之中心。

選定我為他們以文學的名譽，來作他們是世界中心的證明人。

我的全部寫作，都是一種文學的證據和見證材料與資料。我寫得越好，這種見證就越有力；越有個人性和藝術性，這種見證就越有歷史性和永恆性。

如此而已吧——因為他們為如此一件事，千年來歷盡苦難選定我，那麼，我也將用畢生精力的寫作，來一再、一再的證明這一點——那個在河南嵩縣田湖鎮的田湖村，它的的確確是中國、世界之中心。

　　　　　　　　　　│　兩代人的十二月　│

大陸作家的幸運與困境

蔣方舟

　　我所寫作的咖啡廳常年聚集著互聯網創業人士，當他們談論人的時候，他們是談論著一堆數據：人視線停留的秒數、好奇維持的時間、新鮮感保鮮的市場等等。從前社交網路是重新定義人與人的關係，如今是重新定義人本身。

　　或許，寫作，是僅存的無法通過「大數據」分析獲得捷徑的體驗。很簡單，因為作者無法預見到他的讀者。

　　當作者坐下來，面對著一個厚厚的攤開的空白記事本，自然而然地被本能驅動開始書寫，你無法預測到你的讀者是誰，是大學教授，是家庭婦女，還是小城青年。正如艾蜜莉・狄金森說自己的詩「是我寫給世界的信，這世界從不曾回信給我。」

　　寫作因此也是一種落後的手工藝。在這種環境當中，作家享受怎樣的特權又經歷如何的失落？我的演講題目是〈大陸作家的奢侈與困境〉，而我談的，其實是我自己在寫作上經歷的幸運和困惑。

　　我曾經和一個法國作家聊天，我說到現在在中國純文學寫作的矛盾——另外從事一份賴以為生的工作，來獲得經濟保障，這樣壓縮寫作時間，卻確保了寫作的相對獨立；如果專職寫作，確實獲得了大量自由，可是為了生存，寫作就不得不考慮市場。

　　她笑笑，說：「Welcome to the club.」——我以為別具中

國特色的困難，其實在西方世界的寫作中早就持續了多年。

當我剛開始寫作的時候，我覺得對於藝術家來說，貧窮是種美德。我崇拜的作家全是貧窮的：卡夫卡、杜思妥也夫斯基、愛倫坡等等。我聽說誰是暢銷作家，就像聽說誰嫖娼被抓，或是被禿頭富翁包養的女大學生一樣──是一件非常恥辱的事情。

金錢是生活之需，可也是必需之惡。

後來我看到卡夫卡的一篇短篇小說，很著名，叫做〈飢餓的藝術家〉，講到一個藝術家在籠子中表演飢餓，起初他大受歡迎，後來被遺忘，無人喝采，最後，後人在茅草堆裡找到了奄奄一息的他。

這是再現實不過的寓言，貧窮與道德上備受尊重並不直接掛鉤，它有時僅僅意味著貧窮本身。

大陸作家的第一點奢侈，就是在創作條件上的奢侈。第一、是因為讀者市場大，純文學固然是小眾之小眾，孤獨之孤獨，可人群中同樣渺小的比例，放在香港、台灣也許是兩千人，在大陸就是兩萬人、甚至三四萬人，在這一點上，大陸作家是幸運的。

第二、是創作類型的多樣。在大陸，各種行業的劃分還不夠細化和專業，我所認識的大部分作家都有被邀請從事和單純文學無關的工作──策畫電視劇、寫個話劇劇本、編個電影，等等。

現在，我懷疑唯一大量閱讀小說的人，除了出版社編輯，就是各類影視公司的策畫，但凡情節性強一點的小說就被

買走影視改編版權，竟意外地顯出一派欣欣向榮的熱鬧來。

第三，是社會對於「文化」的推崇。文化打了引號，是因為那並不是真的文化，而是社會想像當中的文化。

比如我，就曾經做過兩三個廣告。這並不是我引以為傲的經歷，也並不說明我的走紅，只是折射出廣告公司的心態——找了一個歌手、找了一個模特，好像缺點深度，那就再找一個作家吧。因此經常可以看到作家或是文化人士出現在各種古怪的商業場合，牽強地由文學、藝術談到鐘錶、酒水。

這說明社會重視文化麼？不，恰好說明社會是沒有文化的，所以需要時不時從落滿塵土的抽屜中找出「作家」，把他們擺到架子上，為社會增加一些虛幻的自我滿足，就像企業家辦公室的書架上往往擺著從不曾開封的《二十四史》和《資治通鑒》。當作家「裝飾」的使命完成，又被放回那個被遺忘的抽屜中。

這固然是可笑的，可在客觀上，也讓作家進入了商業社會，有了物質上更為豐富的可能性。

大陸作家的第二個奢侈，就是題材的奢侈。

尼采曾說，最適合創作的，是兩個時代交界的裂縫當中。現在，我們正處在這樣的裂縫中：新的技術對抗舊的技術，新的道德對抗舊的道德，新的倫理對抗舊的倫理。

一切熟悉的變成陌生，作家如孩子一樣新奇地打量著這個世界。

而無數荒謬的事實噴湧而出，就像火山噴發過的地方植物長得格外茂盛。

我前兩天看到的新聞，一個二十一人的犯罪團夥假冒身分，招礦井黑工，然後錘殺工友，騙賠約。這現實的殘酷遠遠超過電影《盲井》所呈現的。

而在現實的豐富當中，人的身分也呈現出多樣性。

印度裔經濟學家阿瑪蒂亞‧森曾經形容：「一個人可以是義大利人、女人、人權主義者、素食主義和經濟保守主義者、爵士樂迷或倫敦居民，其身分猶如陽光下的三稜鏡，隨著鏡面的轉動，將會反射出不同的光芒。」

而身分轉換的多樣，在當今中國大陸格外明顯：一個公務員，自己面臨著房子被強拆的現實；一個新疆的穆斯林，可以同時是一個共產黨官員；一個志得意滿，代表全亞洲，和柯林頓交好的著名主持人，改天就被調查。

每個人都生活在自己的悲劇當中，也生活在不同身分所囚禁的人性監獄當中。這些都是創作的絕佳素材。

日本作家安部公房有個短篇小說，叫做〈砂丘之女〉，講的是一個名叫仁木的男人，發現自己被困在一個瓶中，身邊只有一個女人，瓶口源源不斷落下沙子，他必須不斷鏟走沙子才能讓自己不被活埋。無望當中，他決定開始寫作。

相對於西方社會已經相對固定的平靜的生活，中國社會更像這個瓶子——源源不斷的沙子落下，讓人憤懣與絕望中，有更多的創作動力。

按照上面的說法，中國作家享受創作條件和題材的無比豐富，按理應該是創作的井噴，可為什麼現實並不如此呢？下面我想談談我理解的大陸作家的困境。

第一點困境，恰恰是因為題材的豐富。

荒誕、悲慘、弔詭的現實像是作家的迪士尼樂園，大量的新聞讓作家有了書寫的熱情。比如之前黑龍江的孕婦獵豔殺人案，還有更早的河南洛陽性奴案等等。可悲哀的是，被藝術改造過的版本，往往還無法超越一則社會新聞。

在令人目眩神暈的現實讓作家喪失了判斷題材的冷靜，一味地鋪陳荒誕的現實，結果既喪失了文學上的美感與深度，也無法超越現實的驚心動魄。

作家要做的，應該是對這些新聞保持柳下惠一樣的冷靜，面不改色心不跳地經過它們，鑒別它們，穿越它們，遠離它們，最後才能抵達更深層的真實，抵達時代的核心困境。這是對作家技術與心態的雙重挑戰。

第二點困境，是真實生活的缺乏。

我們所耳熟能詳的大部分作家，如莫言、余華、韓少功等等，早年都居住在農村，書寫熟悉的土地。後來，隨著成名成家，他們的生活環境轉移到城市，然而，幾十年過去，作家進入作協、進入大學、進入文學館。城市對他們來說更像是居住環境，而非創作土壤。白領的生活、都市的情感、商業的規律，都是極其陌生而疏離的。

而且，很多作家對於城市／鄉村的關係依然是托爾斯泰式的：鄉村的、自然的就是好的，都市的，現代的就是壞的，因為無法客觀平和地去描述他們所處的環境，也無法對他人的生活過度關注和認同。

第三點困境，是最艱難，也最無解的，是生活體驗的支離破碎。

剛剛談到作家很難書寫城市生活，一部分原因，也是因為中國城市的文明結構還沒有形成。我曾經看過幾個大陸的創作者試圖改變伍迪·艾倫的劇本，伍迪·艾倫筆下中產階級的憂愁，改編之後，變成了小市民的撒潑扯皮，非常糟糕，非常難看。

　　沒有穩固的中產階級，雖然生活在城市，人際關係和倫理還是農村式的，該怎麼去書寫？

　　另外，我之前也和朋友討論：為什麼書信、詩歌、鄉村，這些就是文學的，微信、電郵、寫字樓就是不文學的？張愛玲貼著現實卻寫男女含蓄的調情，旗袍下露出的腳踝就是文學的，現在人貼著現實寫，默默搜一搜附近的人，勾搭，一夜情就是不文學的？

　　我覺得，是因為當下人們的生活體驗變得支離破碎，所有的情感不連續的，所有的表達是單一的，所有的陪伴都是短暫，愛情都是模仿。

　　正如米蘭·昆德拉所寫的：「歷史的加速前進深深改變了個體的存在。過去的幾個世紀，個體的存在從出生到死亡都在同一個歷史時期裡進行，如今卻要橫跨兩個時期，有時還更多。儘管過去歷史前進的速度遠遠慢過人的生命，但如今歷史前進的速度卻快得多，歷史奔跑，逃離人類，導致生命的連續性與一致性四分五裂。」

　　作家如何從瑣碎而毫無美感的生活體驗中，拼湊黏貼出完整的人性，導演出起伏雋永的戲劇、還原出親密的生活方式和情感，這是書寫當下最大的考驗。

最後回到演講的開頭，我說寫作，尤其是小說的寫作，或許是少有無法用分析「大數據」去解決的工作。或許，這種結論也是我的癡心妄想，寫作這件事在幾十年之後也許就進化或退化成完全不同的形式。

　　我們總是抱怨一個社會失去了詩意的審美，我們總期待一個時代是文學的、藝術的。或許，這些期待只是一廂情願的空洞幻覺。一個詩意的時代真的出現過？或許，不曾有過。

　　所以，作家永遠是少數，他們從奢侈中掙脫出來，從幸福中掙脫出來，跳入困境之中，跳入痛苦之中。如同佩索阿（Fernando Pessoa）的詩：

> 我將永遠是一個閣樓上的人，
> 我將永遠只是那個有道德的人
> 我將永遠是那個等著在一個沒有門的牆上開門的人，
> 在雞籠裡唱著無限之歌的人。

2014 年 8 月 29 日整理

八月

房是一座獄

八月七十大中城市新房及二手房房價環比上漲城市數均僅剩一個，據統計 95% 以上的城市都出現了環比下跌。更甚者，一二三線城市房價繼續全面下跌，北上廣深房價也仍低迷。（《中國經營報》）

一個懷疑主義者的相信

蔣方舟

今年一年，我都發現自己過得非常不快樂，我想，那是因為我老了。

我因為買房子而頻繁地與仲介接觸，他每天給我打十幾個電話說：「蔣姊，我給你說一個事。蔣姊，我覺得這個房子還是要拿下，蔣姊，你這個房子要漲……」他是一個看起來三十多歲的男人，我很不適應，就制止了他對我的稱呼，說我一定比他小。他很羞澀地說：我是九三年的。

世界變了。我總是習慣性地成為最小的那個，最年輕的那個，最肆無忌憚的那個。一夜之間，我發現自己變成了「姊」、「老師」，變成了中青年，變成了過來人。

上個月，我去南京的一所大學講座，我講自己的寫作包括生活經歷。最後提問的環節，被一個大二學新聞的女生拿到了話筒，她說：「第一，我覺得你作為一個已經成功的人，再介紹這些關於成長的話，特別站著說話不腰疼；第二，你熬了這樣大的一鍋心靈雞湯，和我們每天看的沒有任何區別；第三，你自己說的話，你相信麼？」她話還沒說完，就被周圍同學以「你這樣會得罪蔣姊的」、「蔣老師多下不來台啊」的眼神制止了。

但她說的話我其實一直在思考，尤其是最後一點：你說的話，你相信麼？

在我有記憶的時候，上一次問自己這句話是高中畢業的

時候。我在高三時把自己洗腦成為一個學習狂魔，在不鏽鋼杯子上刻下「吃得苦中苦方為人上人」。相信健腦產品的小廣告上印著的一切勵志傳說。

高考完第二天，我去了四川。那一年發生了「五·一二」汶川地震，我去了北川，在一個成為了廢墟的城市走了一整天，遇到一個中年人。他說自己是本地人，我就開始條件反射地去說「大難不死，必有後福」、「吃得苦中苦，方為人上人」之類的話，企圖用正能量的話去感召他。

他最後大概實在難以忍受，就說了在地震那天的事情。他和女兒在家坐著看電視，忽然地動山搖，因為他已經老了，跑不動了，就坐著等死。他的女兒跑下了樓，可是，樓並不是直上直下地垮下來，而是從後往前倒。他就這樣眼睜睜地看著女兒被壓死。當時，我非常後悔自己說了強迫他樂觀的話，雖然那時候我也沒有其他話可說。

在人生中大部分時候，我發現自己雖然是一個懷疑主義者，但是總在勸那些比我更悲觀的人要樂觀一些，要更相信「相信的力量」。

生活是一半合理一半荒謬，一半快樂一半後悔，一半歡合，一半悲離：所有美好的東西都恰好是那些最容易被消滅和摧毀的東西，那些看起來很溫暖的事情，往往被證明是一次被策畫的活動，或者有一個令人錯愕的反轉；那些好的感情，總是結束於最不堪的話語；善念會消失，好人會老去，弱者在得到幫助之前就死去。

我們做一個懷疑主義者，幾乎是與生俱來的，也是經驗性的。

可是，因為懷疑讓生活變得痛苦，所以人不得不去找一些理由去更好地面對這個世界。比如親人死去，人們就會勸未亡人：人死了，沒有辦法改變，可是活的人哭壞了身體怎麼辦？於是，人們因為相信自己的痛苦無法改變事情，就轉移了注意力。

多疑的年代，並沒有孕育出改變世界的人，反而孕育出了一大批盲目樂觀的人。

因為絕望是一勞永逸的，人們覺得無法改變，所以人們的相信變成一種慣性：相信存在的就是合理的；相信現在不好，但是以後一定會更好；相信自己的命運，一定會順理成章地受到召喚，得到改變。

勵志話語和心靈雞湯變得如此受歡迎，就像是因為太過痛苦，而不斷地嗑藥，因此一直處於一種輕鬆愉悅的幻覺之中。

無論是懷疑，還是相信。都是生而為人的一種義務，懷疑的目的是去發現那些能夠改變的，相信的目的是為了挖掘出不斷被埋入塵土之中的人性光芒的碎片。懷疑與相信，都不是為了讓人生變得更輕鬆容易，而是為了讓人生變得更加艱難，有了去反抗的道德立場和勇氣。懷疑與相信，都不是最終目的，而是去到達彼岸的途徑。

買房賣房記

閻連科

　　房子暴漲至高掛雲端時，買房的痛苦與賣房的幸福，在我都非常深淵和豐富。新世紀的初，北京天通苑的名字和菩薩、關公、老布希及當時我們國家領導人江澤民的名字一樣響亮和福音，人人說起「天通苑」，都如未進廟門就收到了不收費的高香和金箔：經濟適用房，每平方米兩千六百五十元，將來還有地鐵通到門口上。具說小區一建成，醫院、學校、商場、劇院和圖書館，都會春暖花開，應運而生，使北京之北轉瞬間成為北京的歐洲和美國；現代和後現代，在那兒就如有土地就必會有甘露，有甘露就必有花香般。

　　為了買到天通苑的房，北京人幾乎每天在預售期中都晚上兩點、三點到售樓處門前去排隊，那急切如急病要到醫院就診掛號樣。那隊伍，龍蛇陣陣，如同春節前人們在北京火車站等待還鄉般。為了能買到天通苑的房，我和妻子連續三天起早排隊去要號，最後在別人都深夜兩點排隊前，我們不睡覺，夜裡一點就從十幾里外趕到那兒坐在凳上打盹兒，最後天道酬勤，多勞多得，我們在來日八點半交上一萬元，就拿到一個房號了。

　　而在選房時，房是沒有的，只是牆壁上掛著麻麻片片寫有編號的戶型圖。你根據那平面戶型圖，擁有二、三分鐘的時間讓你站在圖前看，想要多大面積的，兩室或三室，朝東或面南，在後邊等急了的客戶催促中，喜喜慌慌手一指，售樓員在

你指的地方用紅筆畫一下，那也就是了你家將來的人生留宿處。我是和妻子還沒弄明白那平面圖的東南西北就被後邊排隊的人催著逼著了，還沒想清是要大廳二室的，還是小廳三室的，手就朝著一個地方指去了。及至從選房的售樓大廳走出來，都沒記清我們選的是三室一廳還是兩室兩廳的房，然大約一百二十平方米，那是記得清楚的，至於一百二十平方米到底有多大，也就沒有概念感覺了，因為此前住房都只說你家幾間房，不說多少、多少平方米。

無論如何說，剛過 2000 年，我們家就擁有公寓住房的希望了。這如同還沒看見河，就首先看見了一座華麗的橋，那幸福，那美滿，連我和妻子新婚的時候都沒那感覺。為了慶祝這從天而降的餡餅砸到了我頭上，我們決定請一次客，而且重點是請真正開始買房時要借他們錢的好朋友。一番密謀和計畫，菜有了，酒有了，要請的客人也到了由部隊會議室改建而成的我們家，我說起了買房的經歷和故事，想一步步誘導我準備借他錢的朋友進入我為他準備的鴻門陷阱時，我那同鄉的書商朋友竟忽然問我說：

「你預定了多大面積的房？」

「一百二十平方米。」

「太小了。」他拍了一下桌子說，「這麼小，將來你還要有書房，還想把母親接過來，一百二十平方米怎麼夠住呀。」

我苦笑一下子：「就這——怕還要去借一半錢。」

朋友把他的肝膽掏了出來了：「你去找誰借？還是我來給你吧。既買你就買大些——就買最大面積的，缺多少錢都由

我來添。這樣你將來自己有書房，還能把母親接過來。」

事情簡直就是水不到而渠成，種子還捏在手裡邊，田裡就有甘雨了。而且朋友還提供信息說，天通苑的開發商是東北人，和大作家梁曉聲可能是朋友，只要曉聲肯出面，你想要什麼樣的房，就可能會有什麼樣的房。

我也就去找了梁曉聲。

曉聲爽朗一笑就給我寫了一張紙條兒。拿了那條兒，如拿了中央辦公廳的文件般，再到天通苑，我就不再是我了。老闆派了祕書陪我去天通苑二期工程中看現房，且那現房都是人家藏在手裡準備留給各種關係的。我便從那關係房中挑了一套最大面積的，兩百多平方米的頂層閣樓房，還白送一隅十幾平方米的大露台。從此後心花怒放，體會到了改革開放、搞活經濟的好，非常想寫篇文章發在《人民日報》的頭版上，整篇文章的文字都是：「萬歲！萬歲！萬萬歲！萬歲！萬歲！萬萬歲！！」

那些天，那時候，我因為這房子，覺得長年纏身的腰病、頸椎病，也忽然好轉輕多了。妻子也每天做飯唱著歌。孩子也為生活添磚增瓦，錦上添花，每每考試都是班裡前三名，那世事和生活，人生與理願，再談自己頗有煩惱或不順，自己都會罵自己欲望貪婪，活如一條餵不飽的狗。可是呢，接下來的半年後，有關天通苑小區的信息就不再一樣了，說那兒確實是要修地鐵，可地鐵哪個世紀修好是誰也不知道的事；說天通苑確實可能會有醫院和學校，是怎樣差的醫院和學校，那就誰也不能知道了；說確實會建大商場，可一定是菜市場比商場還要大，因為天通苑最終建成計畫居住人口是三十萬；三十萬人

吃菜喝水要比奢侈購物重要得多。

三十萬，那是中國一個縣的人口哦。

三十萬，在歐美就是一個中等城市的人。

還有朋友告訴我，天通苑小區不斷有偷盜和斷電，且還有時不時的流血和人命案。總之說，我在天通苑買的經濟適用房，其實就是買了人生無盡的煩惱和苦痛，如傾家蕩產去買了一個可以看見和預測的陷阱及禍災，且還買在六樓上，面積雖然大，可以把母親和岳母接過來，可日日年邁的母親、岳母她們能爬上六樓嗎？你閻連科常年腰疼和腿疼，再過幾年你自己能爬上六樓嗎？凡此種種，如此等等，你現在唯一可以做的選擇是，趁買房的人們還沒醒過來在天通苑購房就是花錢買災前，趕快把房子賣出去，把最燙手的山芋送到別人手裡邊。

這就賣房嗎？

怎麼能不賣。只有傻瓜才不賣！

賣。一定要盡快、盡快賣！而且那時房價已漲，每平方米還能掙上幾百元，賣掉我可能會掙幾萬元。

於是間，就從買房的急切，轉瞬間進入了更為急切的賣房裡。似乎三朝兩日賣不出手，災難就必將降臨到我家我頭上。不知道自己為什麼那麼容易被信息所左右，如一寫作就被情緒左右樣。這就又開始賣房推銷，招攬買家了。東鄰西舍，同事朋友，見人我就告訴人家說，我家要賣房，誰要買了就來找我家。不圖賺錢，能一把清的按原價給我就可以。

就有人來我家商議買房了。有同事加好友，很神祕的來找我商量說，他可以一把清的買走我家的房，條件是他買我家房，我們不能說給任何人，包括他的妻子和他最親密的人，保

密是這次買賣的前提之前提。因為賣之急切，且人家來買房，也大有幫我之情誼，也就一拍即合，水到渠成。

一週之內，我就又把那房賣了出去了。

將近兩百四十平方米，我買時加上各種手續費和預交的物業費，大約六十四萬元，賣時朋友兩次送去現金六十二萬元，然後笑而堅定地對我說：「沒錢了，死活只有這些了！」我們全家便就無言傻傻地站在那，不知該怎樣應對這吃虧兩萬的場面和僵局。因為人家說完還又馬上接著道：「閻老師，我買房是為了幫助你。知道你借錢急著還人家，不然我不會一把就把房錢給你提過來！」

如此的，這般的，也就只好含冤認下那少了的將近兩萬元，因為我也覺得人家是好心為了幫我才買我家的房，不是為了幫助我，人家根本不會買。然這樣，我和妻子提著那第二筆錢去銀行存錢時，銀行又發現那完全一捆捆有出納小章的百元鈔票裡，還有多張假鈔票。氣不過，打電話去問那朋友時，那朋友說假就假的吧，那麼多錢混幾張假的我哪能知道哦。

後邊的事，就是接著催朋友抓緊過戶那房子。可是因為人家忙，也因為我家懶散和別的事，就那麼一年又一年，催了十餘次，人家不理我們也不去過戶那房子。到末了，終於催到人家不快我也不快時，有一天，人家為了我的情緒才答應去過戶。然要過戶時，發現原來只需幾萬元的過戶費，一夜間長到三十餘萬元，人家又因此暫停過戶了。我也就只好作罷著。可這次作了罷，一罷又幾年，待我知道天通苑的房價從每平方米的兩千六百五十元，漲到十倍多的二萬七、八到三萬元，我又催人家去過戶，說實在對不起，你不過戶影響著我家買房和貸

款，還又親自去見面求人家。可人家對我說，那房還是暫時放在你作家的名下吧，放在我名下不合適，我不想讓人知道我自己有那麼大的一套房。

　　十多年已經過去了，實在想不到，在今天的中國或北京，別人買房是一件天難地難的事，可在我，賠錢賣房也是這麼難的一樁事。

九月

香江之鏡

香港學生民主運動拉開「占領中環」序幕

香港最主要的民主運動「讓愛與和平占領中環」宣布對自身計畫進行大幅變動。這加強了一種政治影響力正在向年輕活動人士轉移的感覺。

占中運動曾表示，要在香港的主金融區中環舉行公民不服從的抗議活動。這是因為，中國政府上個月發布的選舉計畫，未能提供真正的民主選舉特區行政長官的方案。周日清晨，占中運動的聯合發起人戴耀廷宣布，學生們的行動現將成為占中運動的起點。

占中運動在通過電子郵件發布的聲明中稱，由學生領導的對香港政府總部的占領「已完全體現港人決定自身命運的覺醒」。

「學生與市民持續自發留守所展示的勇氣，感動了很多香港市民，」聲明說。「時代的巨輪到了此刻，我們決定起來行動。」（《紐約時報》9月28日）

香港這地方

蔣方舟

　　小時候對香港的印象，是我還沒有上小學的時候，每天蹲守在電視機前看香港無線電視的《歡樂今宵》。如今情節全忘，只記得當年晚晚跟著電視合唱主題曲：「日頭猛做，到依家輕鬆下。食過晚飯，要休息番一陣。」

　　我大概四歲那年，《歡樂今宵》的結尾，主持人「肥肥」沈殿霞，說節目的收視率下降，節目很可能要停辦。號召觀眾寄錢給與他們支持。我痛苦了一晚上，第二天寫了一封信，信紙反面寫著「香港·肥肥收」。我不知道要買信封、郵票，也不知道要去郵局寄信。就從家出發，徒步準備走到火車站，讓火車把信帶到香港。

　　那天是雨後，我走了一腿泥水。二十分鐘之後，就被認識我的警察叔叔當作離家出走的兒童用警車帶回了家。

　　上了小學和初中，依然愛看電視。那時候最愛看的電視台是某個電影頻道。沒有新聞、廣告、綜藝節目，就是從不間斷地播電影，我猜測大概是香港電影版權比較便宜的關係，那個電視台一天到晚都在播香港電影，喜劇鬧鬼黑社會，每個電影都顛來倒去地放了十幾遍，哪怕是那種極拙劣的殭屍片——湯湯水水地吐了一地血水，我都看得不亦樂乎。

　　現在想想，自己對異性的審美全是那個年代建立的：最愛的男性形象是《廟街十二少》裡的劉德華，黑社會、不羈、勇敢、隱忍。

某一日，我忽然發現電影裡的人都頻頻提到一個詞「97」，而且經常出現在這樣的句子裡：「97要來了，你還不跑路？」「97都要來了，你還擔心這種小事做什麼？」

　　那兩個數字宛如世界末日，或來日大難。我當時心裡隱隱有種不舒服。97年我上小學，當班長──組織班裡同學給香港小朋友寄信，參加過全校關於香港回歸的知識競賽，還辦黑板報畫了一黑板的紫荊花。「97」在我心目中是興高采烈的節日，像是迎接一個遠方的、在富人家裡長大的表妹，

　　「香港」在我心目中的形象，一直就是這樣漂亮、時尚、嬌滴滴的小姑娘。我第一次去香港是剛上大一，去香港拍廣告，我住在繁華的銅鑼灣，街上的女孩都打扮得時尚而緊俏，行色匆匆，走過我身邊時用粵語讓我讓路。我能明顯地感到自己自卑和陌生交織的焦慮感，非常緊張和笨拙，小時候看港片當中的親切蕩然無存。

　　晚上我出去吃飯，每個酒樓和茶餐廳都滿員，服務員語速和行動都很快，我幾次試圖說服自己平靜地坐下吃飯都無果，最後在7-11買了麵包和便當拿回賓館吃。

　　再次去香港是今年參加香港書展，此時的我已經出過幾次國，不再有當時的焦慮感。另一方面，我也必須承認，那個洋氣的表妹曾經有過的不可逼視的光環，也在逐漸褪色。書展期間，我母親到香港同我會和，一見面，她就跟我抱怨香港人對待她問路、點餐時候的冷漠，以及她身在其中的緊張。

　　如果說我第一次去香港時的緊張是自卑導致的心理作用，那麼我母親感受到的，或許是貨真價值的外部張力。

　　從2012年孔慶東大罵香港人是狗，到香港年輕人舉牌抗

議大陸購物者是蝗蟲，再到今年的大陸兒童在香港街頭便溺事件，大陸和香港的關係不斷惡化，難以溝通。而我身邊在「大國崛起」的氛圍中長大的年輕人，也對香港人的「歧視」感到不屑，甚至憤怒：你有什麼好傲慢的？

大學畢業之後，我的同學去了香港讀研、工作。某日談起舉牌抗議大陸消費者的香港人，他說：「香港底層人民確實過得不好，看到你們過得不好，我也挺開心的，可憐之人都是可恨之處。」

同時，他也承認香港是法治社會，可以動口但不能動手，只要是有肢體上的動作就會有警察干涉。他說：「有一種『我又罵香港人，還賺他們的錢，能拿我怎麼樣』的感覺。」

這時候，我忽然想到自己坐車出港島隧道，在頭頂看到的四個大字：北京控股。忽然被觸動：他們表面的傲慢裡，其實也蘊含的是同樣的焦慮，一種被「北京化」的焦慮。

香港那地方

閻連科

我有一個壞極的病嗜，總希望從一個好極的人身上看出他的不好來；從一個壞極的地方看出它的好。香港於我就是那樣兒。早些時，上世紀的歲月裡，我們還生活在連毛孔都透出革命氣息的年份間，覺得香港那兒敵人多，資本主義之天下，怕所有的花草都會散著一股臭味兒。加之 1994 年《夏日落》的被禁，主要是因為香港的《爭鳴》雜誌說長道短，亂嚼舌根，談什麼「大陸第四次軍事文學浪潮的到來，代表人物是閻連科。」等等等等吧，說「閻連科的軍旅小說，中心內容就是寫大陸軍人靈魂墮落，代表作就是《夏日落》。」還把我的一些短文和創作談，剪接下來，弄出一個「閻連科觀點言論集」。看那「言論集」，我自己都把自己嚇著了，覺得這個人真的是沒了「覺悟與境界」，要與「人民和祖國為敵」了。

然我真的沒有那意思。

也就是寫篇小說，講個故事，塑造個把人物，想把人物和文字弄得很生動。說大話是想讓小說深刻些，說白話是想寫一點兒人的人性和實在。評論家說是「要把英雄從馬上拉下來，讓他如人樣走在實實在在的土地上」、「與高尚為敵，專寫軍人靈魂墮落」，我哪有那樣的膽識和才識。可是那時候，社會精神還是「凡是敵人擁護的，我們都反對；凡是敵人反對的，我們都擁護。」那般這樣，香港這敵人，你說我千好萬好，那我怎能不挨批評和批判？

《夏日落》也就這樣被禁了，直到現在也沒人出版它。

　　因此我也就對香港耿耿於懷了，覺得那兒實在污水得很，相距八千里路雲和月，我從未動過你，你何苦就把髒水潑在我頭上，害我寫了半年的檢討書，差一點一家人被從北京趕回河南老家去。也於是，很想到香港那兒地兒走走和看看，朝香港的哪兒踢一腳。如果哪兒可謂香港的臉，就朝那臉上吐口痰。

　　路也長得很，1994 年初恨上香港的，直到 2008 年的十五年後才千辛萬苦的走到香港去。那時候，怨還未徹底放下來，心裡總有一股怒氣想朝香港的那兒撒一撒。可下了飛機後，又覺得那個城市有些不真實。天可以藍，但你不能藍到和假的一模樣；地可以潔，但你不能潔到我在地上坐半天，起身去拍屁股上的灰，就顯了多餘和拙笨。開會的時候也沒主席台，誰想坐哪兒就坐哪兒去。連主持會議的大學校長、院長也和學生們一道坐在台子下。還有吃飯的圓桌子，誰該坐上座，彼此讓到似乎誰坐上去誰就不夠君子樣。這樣和那樣，這些和那些，事情都小到針尖和芝麻，可不一樣的感覺卻大到高山與流水，汪洋之大海，讓我無法緩過人生命運中憋的那口氣。且到了會議休息間，偷時去香港的街上看，忽然發現《爭鳴》雜誌和其他幾十種報刊雜誌就擺在許多小店的門口上，災難落魄，無人問津，如同棄兒樣流落在密集人流的腳步間。

　　為了什麼，也不為什麼。氣便由此無端消下了。似乎是復仇要去暴打一個人，可見到那個人不過是芸芸眾生中的一小位，且還乞討流浪，對自己做過什麼、說過什麼，都已不知無憶。且先前它說的做的，都不過是它過去一日日活著時必須的

呼吸和聲言，如它不呼吸和聲言，它就無法活著樣。面對一個無辜塵埃的人，人還能怎樣呢。你有天大的力氣又能怎樣呢。何況你不過也是個爾爾無辜的寫作者。

也就站在中環街上的一家門店前，拿起一本《爭鳴》翻翻瞅一眼，默默地放下了走去了。從此也就放下了所有藏在心裡對香港無來由的怨氣和不解，覺得那是一個無辜無辜的好城市，人想說什麼就可說什麼，文想做什麼就可做什麼。萬事都有它的來路和歸處，都有它的條律和規範，如同是鳥都有牠的天空樣，植物都有屬於它的山水樣，一切都有屬於它的條律和規範，只是我自己，因為一點小事把它視為仇怨敵人了，想要無端地強加於人了。就是那幾篇小文章，有人說了你的好或者不夠好，那又能怎樣呢。

自不多情，何苦去怨別人的賤。

自那次去了香港後，後來年年去，還一年去多次。覺得那兒確實是個好地方，山水好，人文好，連車水馬龍都不見有車堵在路口上，千走萬走，看遍街巷，也難見一隻野貓和野狗。於是覺得這兒好，就開始病嗜般去找它的壞。也就發現了它許多的問題和毛病，不過那都屬於另外一篇文章了。

十月

走過布拉格

拙愚一趣

五月間，閻連科接到了很多外文郵件。其中一封英文郵件是來自捷克，但因他兒子不在家裡，他又完全不識一個英文單詞，那些郵件就都如寫在蛋內生成而無法破殼的鳥雛。一天兩天，三天四天，過了多天之後，捷克的同樣郵件再次再次的到來，他也都不理不問（無能力問津）。直到又有幾天，他捷克的小說翻譯李素女士，那位有太好人品和學問的漢學家，情急性躁的來信說：「閻老師啊閻老師，你獲得了今年的卡夫卡文學獎，這麼大的一件事情，幾次通知你怎麼能連封郵件都不回呢！你真的是清高到了這一步?!」

於此同時，他兒子也回到了家裡，告訴他說多天之前，卡夫卡獎的評委會就已用英文寫信通知你獲獎的消息了。獲獎當然是一件高興的事，然這則獲獎的通知之趣，也寫照著一代作家的短板與無奈。

這件事情，後來被人笑鬧演變成了歐巴馬打電話來表示道賀，而閻連科因聽不懂就索性掛了人家的電話。都是笑趣，都是歡心，可在作家的心內，卻是一種說不出的自卑和寒涼。

走在布拉格

蔣方舟

　　作家閻連科有個愛好，就是搜集名作家的小塑像，已經搜集了十幾座，其中有一座歌德的，其實是個裝佐料的瓶子，能從歌德的頭頂倒出胡椒粉來。「簡直超乎想像。」閻連科說。

　　令他失望的是，在布拉格，他只找到了卡夫卡的塑像——黑的、白的、青銅的、陶瓷的，卻沒有找到其他優秀的捷克裔作家的紀念品，無論是還活著的伊凡‧克里瑪、米蘭‧昆德拉，還是已經去世的赫拉巴爾、哈謝克。

　　記憶的殘酷，勝過文學史的殘酷。被寫進歷史及教科書的作家眾多，然而，被長久地記住，被反覆以其作品中的古老怪誕的預言，去比對正在發生的現實的小說家，那些「小說家中的小說家」，卻只有寥寥而已。

　　閻連科算其中一個。

　　成為獲得卡夫卡獎的首位中國作家，閻連科終於結束了他漫長的「陪榜」生涯。這個延續了十四屆的獎項，他之前從未入圍過，捷克語的《四書》一經出版，即刻獲獎。上一個獲此待遇的得獎者是英國作家品特。

　　《四書》講述了黃河邊一個右派勞改農場裡的故事，這是一部仿聖經體的小說，所有殘酷，在騰空的語言裡，都顯得詩意和富有張力。在這本書裡，他是逃兵，逃避現實的書寫；是叛徒，背叛了所有寫作的規則；更是一個瘋癲的預言家，呢

喃著腦海中的圖景。

「閻連科的寫作，描述了無法描述的場景，以及知識分子無法迴避的記憶。」卡夫卡獎的授獎詞中這樣寫道。

頒獎儀式在布拉格古老的市政大廳舉行，這座尖頂的建築外壁鑲嵌著的星象鐘，是一個頗負盛名的旅遊景點，因為它顯示著巴比倫時間、古老的捷克時間和現代時間。這座大鐘目睹過這座城市裡偉大的人物和澎湃的文化，血腥的歷史與憤怒的時代，精確地把一切記錄下來，一如小說家所盡的職責。

頒獎那天下了雨，城市愈發地冷，卻依然有很多市民穿著正裝，自發地來見證典禮。

在剛剛開始朗讀他的獲獎演說時，閻連科的手不斷地顫抖，原本以為他是出於緊張，後來才知道，是燈光投射的陰影完全擋住了稿子，他什麼也看不到。就像他的演說裡，把自己比作那個只能感受黑暗的人。

閻連科從來就不是在花團錦簇中歌頌光明的作家，他不是官方文藝座談會上的座上客，也和文壇的熱鬧保持著距離。他也能寫溫情脈脈，甚至把人感動得潸然淚下的書，例如他最暢銷的書《我與父輩》，可這種寫作，因為難度低，而讓他警惕。

簡單地說，閻連科寫不來那種讓讀者看了高興的書。可是，正如卡夫卡二十歲時在一封信中寫到的：

那些使我們高興的書，如果需要，我們自己也能寫。但我們必須有的是這些書，它們像厄運一樣降臨我們，讓我們深感痛苦，像我們最心愛的人死去，像自殺。一本

書必須是一把冰鎬，砍碎我們內心的冰海。

閻連科小說之所以如冰鎬一樣鑿碎我們的心，在於他並不是一個異想天開的幻想家。眾人皆殘的受活村、人人都生了熱病的丁莊、以難以控制的速度膨脹的炸裂鄉，這些都不是與現實世界相對的幻覺，也不是什麼病態的夢境。小說裡那些難以想像的罪惡，以及毫無希望的規則，恰好構成了我們的現實。

任何偉大的作家，都會經歷厭倦、自我懷疑和失望，而閻連科從來不掩飾他的掙扎與患得患失，「有時會因為生活中很小的一件事情而沮喪十幾天，導致對閱讀和寫作都失去意義和追求。」他也不止一次地抱怨，上一步小說《炸裂志》的語言並無特色。

然而，對於寫作，他一路丟棄又一路重拾，如今依然保持著每天幾千字的創作量，工作量超過一個壯年的作家。並且，還堅持手寫——正如同他堅持不學英語的固執，把手稿交給打字員，有時還會被過於負責任的打字員強行修改她認為不規範的詞句。

相對於創作的深刻與嚴肅，閻連科在生活中卻有一種不被歲月侵蝕的詼諧本能。彷彿是一個「種瓜得瓜、種豆得豆」的預言，當他寫了幾十年的荒誕，生活中的荒誕便如約而至。例如，通知他得卡夫卡獎的郵件，因為他不懂英文，而被遺忘了好多天；領完獎之後，他帶領著陪同領獎的朋友和捷克文翻譯，飢腸轆轆地尋找一個溫暖的餐館，如同領著羊群的牧羊犬，卻幾乎沒有一個餐館能容納這個浩浩蕩蕩的隊伍；他懊悔

沒有帶著領獎的一條漂亮的紅圍巾，第二天就永遠地遺失了。

閻連科總愛調侃自己的河南口音，還有白得不夠徹底、不夠漂亮的頭髮。按照米蘭・昆德拉的說法，幽默最大的功能，是讓所有被它接觸到的變得模稜兩可，而閻連科的幽默，也讓他所經歷的坎坷與苦難、爭議與榮耀，都變成了漫長的路上模糊不清的影子。

上天和生活選定那個感受黑暗的人

閻連科

女士們、先生們,各位來賓和我尊敬的評委:

從某個角度說,作家是為人和人類的記憶與感受而活著。因此,記憶與感受,使我們成了熱愛寫作的人。

也因此,當我站在這兒的時候,我想起了五十多年前的1960到1962年間,中國為了實現共產主義,而出現的所謂「三年自然災害」,大約餓死的人口有三千多萬。就在那次舉世震驚的「人禍」後的一個黃昏,夕陽、秋風和我家那個在中國中部、偏窮而又寂寥的村莊,還有,因為戰爭而圍著村莊夯打起來的如城牆樣的寨牆。那時候,我只有幾歲,隨著母親去寨牆下面倒垃圾,母親拉著我的手,指著寨牆上呈著瓣狀的觀音土和散粒狀的黃土說:「孩子,你要記住,這種觀音土和榆樹皮,在人飢餓煎熬到快要死的時候,是可以吃的,而那種黃土和別的樹皮,人一吃就會更快的死掉。」

說完,母親回家燒飯去了。她走去的身影,如同隨風而去的一片枯葉。而我,站在那可以吃的黏土前,望著落日、村舍、田野和暮色,眼前慢慢走來巨大一片——幕布般的黑暗。

從此,我成了一個最能感受黑暗的人。

從此,我過早的記住了一個詞彙:熬煎——它的意思是,在黑暗中承受苦難的折磨。

那時候,每每因為飢餓,我拉著母親的手討要吃的時

候，只要母親說出這兩個字來：熬煎。我就會看到眼前一片模糊的黑暗。

那時候，中國的春節，是所有兒童的盛日，而我的父親和許多父親一樣，每每看到我們兄弟姊妹，因為春節將至，而愈發歡笑的臉龐時，也會低語出這兩個字來：熬煎。而這時，我就會悄悄地離開父親，躲到無人的荒冷和內心模糊的黑暗裡，不再為春節將至而高興。

那時候，生存與活著，不是中國人的第一要事；而革命，才是唯一國家之大事。可在革命中，革命需要我的父親、母親都舉著紅旗，到街上高呼「毛主席萬歲！」時，我的父母和村人，大都會從革命中扭回頭來，無奈自語地念出這兩個字：熬煎。而我，當聽到這兩個字的時候，眼前必就會有一道黑幕的降臨，如同白日裡黑夜的到來。

於是，我也過早地懂得了黑暗，不僅是一種顏色，而且就是生活的本身。是中國人無可逃避的命運和承受命運的方法。之後，我當兵走了，離開了那一隅偏窮的村落，離開了生我養我的那塊土地，無論生活中發生怎樣的事情，我的眼前都會有一道黑幕的降臨。而我，就在那一道幕布的後邊，用承受黑暗，來對抗黑暗，如同用承受苦難的力量，來對抗人的苦難。

當然，今天的中國，已經不是昨天的中國，它變得富裕，並咄咄有力，因為解決了十三億人口的溫飽與零用，便像一道突來的強光，閃耀在了世界的東方。可在這道強光之下，如同光線越強，陰影越濃；陰影越濃，黑暗也隨之產生並深厚一樣，有人在這光芒裡感受溫暖、明亮和美好，有人因為天然

的憂鬱、焦慮和不安，而感受到了光芒下的陰影、寒涼和霧纏絲絲繞繞的灰暗。

而我，是那個命定感受黑暗的人。於是，我看到了當代的中國，它蓬勃而又扭曲，發展而又變異，腐敗、荒謬、混亂、無序，每天、每天所發生的事情，都超出人類的常情與常理。人類用數千年建立起來的情感秩序、道德秩序和人的尊嚴的尺度，正在那闊大、古老的土地上，解體、崩潰和消散，一如法律的準繩，正淪為孩童遊戲中的跳繩和皮筋。今天，以一個作家的目光，去討論一個國家的制度、權力、民主、自由、誠信和現實等，都顯得力不從心、捉襟見肘；然對於那個作家言，因為這些本無好轉，卻又不斷惡化、加劇的無數無數——人們最具體的飲、食、住、行和醫、育、生、老的新的生存困境，使得那裡芸芸眾生者的人心、情感、靈魂，在那個作家眼裡，從來沒有像今天這樣焦慮和不安，恐懼而興奮。他們等待著什麼，又懼怕著什麼，如同一個垂危的病人，對一劑虛幻良藥的期待，既渴望良藥的盡快到來，又擔心在它到來之後，虛幻期待的最後破滅，而隨之是死亡的降臨。這樣期待的不安和恐懼，構成了一個民族前所未有的焦慮心。這顆民族的焦慮心，在那個作家那兒，成了最為光明處的陰影；成了光明之下的一道巨大幕布的另一面——

沒有人告訴那個作家，國家那列高速發展的經濟列車，會把人們帶到哪兒去。

也沒人告訴那個作家，直至今天，百年來從未停止過的各種各樣的革命和運動，在每個人的頭頂，醞釀的是烏雲、驚雷、還是一片可能撕開烏雲的閃電。

更是沒人能夠告訴那個作家，當金錢與權力取代了共產主義、資本主義，民主、自由、法律和道德的理想之後，人心、人性、人的尊嚴，應該用怎樣的價格去兌換。

我記起了十餘年前，我反覆去過的那個愛滋病村。那個村莊一共有八百多口人，卻有二百餘口都是愛滋病患者；而且在當年，他們大都是三十至四十五歲之間的勞動力。他們之所以大批的感染愛滋病，是因為想要在改革中致富，過上美好的生活而有組織的去集體賣血所致。在那個村莊，死亡像日落一樣，必然和必定，黑暗就像太陽從天空永遠消失了一樣，長久而永恆。而我在那兒的經歷，每當回憶起來，每當我在現實中看到刺眼的光芒和亮色，都會成為巨大的讓我無法逃離的陰影和黑暗，把我籠罩其中，無處逃遁。

我知道，在那一片廣袤而充滿混亂和生機的土地上，我是一個多餘的人。

我明白，在那一片廣袤而充滿混亂和生機的土地上，我是一個多餘的作家。

但我也堅信，在那一片廣袤而充滿混亂和生機的土地上，我和我的寫作，或多或少，將會有它無可替代的意義。因為，在那兒——生活、命運和上天，選定了我是那個生來只會、也只能感受黑暗的人——我像那個看見了皇帝沒有穿衣的孩子，在陽光之下，我總是會發現大樹的影子；在歡樂頌的戲劇中，我總是站在幕布的另一邊。人們都說溫暖的時候，我感到了寒冷；人們都說光明的時候，我看到了黑暗；人們在為幸福載歌載舞的時候，我發現有人在他們腳下繫繩，正要把人們集體絆倒並捆束。我看到了人的靈魂中有不可思議的醜惡；看

到了知識分子為了挺直脊梁和獨立思考的屈辱與努力；看到了更多的中國人的精神生活，正在金錢和歌聲中被權利掏空和瓦解。

我想到了我們村莊那個活了七十歲的盲人，每天太陽出來的時候，他都會面對東山，望著朝日，默默自語地說出這樣一句話來：「日光原來是黑色的——倒也好！」

而到了冬天，在太陽下曬暖的時候，他又總是會滿面笑容地自語說：「越黑暗，越暖和！」

更為奇異的事情是，這位我同村的盲人，他從年輕的時候起，就有幾個不同的手電筒，每走夜路，都要在手裡拿著打開的手電筒，天色越黑，他手裡的手電筒越長，燈光也越發明亮。於是，他在夜晚漆黑的村街上走著，人們很遠就看見了他，就不會撞在他的身上。而且，在我們與他擦肩而過時，他還會用手電筒照著你前邊的道路，讓你順利地走出很遠、很遠。為了感念這位盲人和他手裡的燈光，在他死去之後，他的家人和我們村人，去為他致哀送禮時，都給他送了裝滿電池的各種手電筒。在他入殮下葬的棺材裡，幾乎全部都是人們送的可以發光的手電筒。

從這位盲人的身上，我感悟到了一種寫作——它越是黑暗，也越為光明；越是寒涼，也越為溫暖。它存在的全部意義，就是為了讓人們躲避它的存在。而我和我的寫作，就是那個在黑暗中打開手電筒的盲人，行走在黑暗之中，用那有限的光亮，照亮黑暗，盡量讓人們看見黑暗而有目標和目的閃開和躲避。

今天，在世界文學中，作為亞洲文學主要一片生態的中

國文學，從來沒有像現在這樣，相遇過如此充滿希望又充滿絕望的現實和世界；從來沒有相遇過，在如此豐富、荒謬、怪異的現實中，有如此之多的傳奇和故事——超現實的最日常；最真實的最灰暗。沒有一個歷史階段，東方的中國，能像當下這樣，在無限的光明中，同時又有著無處不在的遮蔽、陰影和模糊。今天的中國，似乎是整個世界的太陽和光明，可也有著讓世界巨大的憂慮和暗影。而生活在那裡的人們，每天，每時，都莫名的激情，莫名的不安，無來由的膽怯和無來由的莽撞。對歷史回眸的恐懼和遺忘，對未來的憧憬和擔憂，對現實——每天每時都驚心動魄、違背常理、不合邏輯而又存在著一般人們看不到的內真實、內邏輯、神實主義的荒誕、複雜、無序的真實和發生，構成了今日中國最為陽光下的陰影，最為明亮處的黑暗。而作家、文學，在今日中國的歷史和現實中，看到偉大的光明，那是一種真實；聽到悠揚的歌聲，也是一種真實；虛無、唯美，也都是一種真實的存在。中國的真實，是一片巨大的森林，陽光、茂綠、花草、鳥雀、溪水，一切的一切，都是真實的存在，幾十、上百的優秀作家，都在這森林中感受著豐富而又扭曲、矛盾而又複雜、蓬勃而又撕裂的中國，演義著自己真實的寫作。而我，則因為是那個上天和生活選定的黑暗感受者，也注定我看到的真實，和別人的不同。我看到了森林深處的霧障，感受到了霧障內部的混亂、毒素和驚懼。或者說，很多人看到了白日的森林之美，而我，看到的是深夜中森林的黑暗和恐懼。

我知道，黑暗不僅是時間、地點和事件，而且還是水、空氣、人、人心和人們最日常的存在和呼吸。如果僅僅把黑暗

當作前者，那是巨大的狹隘，而真正幽深、無邊的黑暗，是所有的人，都看到了黑暗，卻都說明亮而溫暖。最大的黑暗，是人們對黑暗的適應；最可怕的黑暗，是人們在黑暗中對光明的冷漠和淡忘。因此，文學在這兒就有了它的偉大。因為只有文學，在黑暗中才能發現最微弱的光、美、溫暖和誠實的愛。所以，我竭盡全力，都試圖從這黑暗中感受人的生命和呼吸，感受光、美和那種偉大的溫暖與悲憫；感受心靈飢餓的冷熱與飽暖。

因為這樣，穿過「時間、地點和事件」，我看見了今天現實中最為日常的黑暗——在有數千年文明的中國，今天的人們，大都可以做到一個又一個老人倒在街上時，大家擔心訛詐而都不去攙扶，可那老人流出的血，原來也是紅的和熱的。

因為這樣，一個產婦在醫院死在手術台上，而所有的醫務人員怕承擔責任都逃之夭夭後，留下的只有人性和靈魂在現實中最微弱的喘息與尖叫。

因為這樣，在我自己家裡遭遇強拆之後，我感受到了更為日常、普遍，也更為激烈的黑暗——在那個富裕開放的國家，為了發展而被強力暴拆的百姓，因無處訴求而不得不到北京的街頭，集體服毒自殺而被搶救之後，又以「尋釁滋事」罪而被公安刑拘。可當有人告知他們的自殺是「精心策畫」時，人們又都從內心，很快驅散、淡忘了日常百姓在現實中新的生存困境和新的苦難，以及他們行走在光明之下的那種不安。

我理解了中國的老人，因為某一事件，會不約而同的集體自殺——他們不死於貧窮、疾病、勞累和道德，而是死於內心對人生的焦慮、對命運的不安和對現實世界最後的絕望。而

我，當面對這些時，那些關於人、活著、現實和世界驅趕不散的黑暗，就會大霧一般瀰漫在我的內心、生活和我寫作的筆端——我以我自己的方式感知那個世界——我也只能用我自己最個人的方式，感知和書寫那個世界。我沒有能力推開窗子看到世界的光明，沒有能力從混亂、荒謬的現實和歷史中，感受到秩序和人的存在的力量。我總是被混亂的黑暗所包圍，也只能從黑暗中感受世界的明亮與人的微弱的存在和未來。

甚至說，我就是一個黑暗的人。一個獨立而黑暗的寫作者和被光明討厭並四處驅趕的寫作的幽靈。

到這兒，我想到了《舊約》中的約伯，他在經受了無數的苦難之後，對詛咒他的妻子說：「難道我們從神的手裡得福，不也受禍嗎？」這最簡單的一句答問，說明了約伯深知他的苦難，是神對他試煉的一種選定；說明了光明與黑暗同在的一種必然。而我，不是如約伯一樣，是神選定的唯一試煉苦難的人。但我知道，我是上天和生活選定的那個特定感受黑暗的人。我躲在光明邊緣的灰暗之中。我在灰暗和黑暗裡，感受世界，握筆寫作，並從這灰暗、黑暗裡尋找亮光、月色和溫暖，尋找愛、善和永遠跳動的心靈；並試圖透過寫作，走出黑暗，獲求光明。

我——那個把文學作為最高理想和信仰的作家，無論是作為一個人的活著，還是作為一個寫作者的存在，都為自己天生注定在光明中感受黑暗而不安。也因此，我感謝我的血脈祖國，感謝它漸次的開明和包容，允許一個注定只能感受黑暗的人的存在和寫作；允許一個人，總是站在大幕的背面來感知現實、歷史和人與靈魂的存在。也因此，更加感謝卡夫卡文學獎

的評委們，今年把這個素潔、純粹的文學獎授予了我。你們授予我的這個獎項，不是約伯在歷盡黑暗和苦難之後獲得的光明和財富，而是送給了那個感受了苦難而逃出來報信的僕人——那個行走夜路的盲人——的一束燈光。因為這束燈光的存在，那個生來就是為了感受黑暗的人就相信，他的前面是明亮的；因為這片兒明亮，人們就能看見黑暗的存在，就可以更加有效地躲開黑暗與苦難。而那位僕人或盲人，也可以在他報信的夜路上，人們與他擦肩而過時，去照亮前行者的一段——哪怕是短暫的路程。

2014 年 10 月 23 日

可見的尾聲　　　　　　　　閻連科、蔣方舟

1.

蔣：首先從卡夫卡獎說起，您在得獎之後，展現出了令人吃驚的謙遜──無論是獲獎演說，還是接受國內外的採訪。我很好奇，這種謙遜是基於您的性格，還是基於多少有點坎坷的經歷，如果您早十年獲得某個國際文學大獎的認可，會和現在的表現不一樣麼？

閻：謝謝你的這些提問。一個作家面對一問一答，就如一扇門窗面對風吹時的欲開欲關樣。今天，就讓我把能打開的門窗全部打開來，如實招出，坦開內心，用門戶大開來迎對這些問題。

首先說卡夫卡獎。無論這個獎在世界上影響大小，世界各國怎樣關注，我都深知我在獲獎後應該怎樣面對這些。一是我的年齡，已經從生命拋物線的高峰開始下滑，這個越過了拋物線高峰的生命體，對於世界、榮譽和世俗的認識，已經變得有些疏淡和坦然，而對死亡和生命最後的尾聲，反而會想得更多更多。也許我不應該說這些。我是個一生都異常恐懼死亡的人，可過了五十歲後的這些年，卻幾乎每天都情不自禁、無可阻止的想到「死亡」兩個字。當一個人腦子裡總是跳出死亡的畫面和字眼時，他會覺得

世界上的一切都是虛空的，沒有意義的。甚至會覺得，一切的熱鬧與努力，都是為了把人生虛空的倉庫碼得滿一些。甚至想，人活著，一切為了理想的奮鬥，都是為了自己最終走向死亡時對自己靈魂的安撫。所以說，卡夫卡獎到來的喜悅，當碰到頭腦中不期而至的死亡二字時，就如一粒螢火碰到了巨大的黑洞；如一點溫暖，要面對巨大的寒冰。當然，如果十年之前有了這項榮譽，我會比現在興奮許多，不是因為那時年輕，是因為那時我可以用榮譽的興奮來掩蓋和助我逃避這個關於死亡的問題。死亡——當一個人開始時不時地想到這個問題時，什麼事情在他面前都會變得淡然、理性乃至冷漠了。

第二，莫言的獲獎，讓我看見了文壇的臉相和一些作家的虛偽。諾貝爾文學獎對莫言最直接的影響，就是讓他的內心更加孤獨，精神更加孤寒吧。同行、朋友、讀者的那些議論，決然和莫言可以聽到、看到的不大一樣。所以，我大體不聞不問，也可以知道文壇、同行與朋友，會怎樣的說我和議我。知道誰在為中國作家獲獎而真正的興奮和高興，誰們又會怎樣對此批判、諷刺和議說。如此，也就不用去關心這些了。

第三，我的文學觀與世界觀，對現實的認識與立場，是那麼和同行、大眾，體制不合拍。我的寫作環境與處境，不言而喻有一種只有我自己知道的滋味在其中，演講又那麼渴望直抒胸臆、表達內心，把心裡想的坦坦蕩蕩說出來。與其說那演講是謙遜，不如說它是謹慎。是欲說又止的含混和含蓄。這一切的一切，加上自己懦弱的性格和經

歷，也就只能、必須如今天你說的那樣說、那樣做，那樣行為了。

2.

蔣：在卡夫卡獎的授獎詞中，把您和卡夫卡、赫拉巴爾做了比較。您本身的寫作有受過他們的影響麼？如果讓您自己選擇，會在古今中外的哪一位作家身上，找到和自己的相似性？

閻：世界上有一種文學，應命名為「布拉格文學」。

　　組成布拉格文學的是二十世紀上半葉的哈謝克、卡夫卡、與下半葉的哈維爾、昆德拉，赫拉巴爾及伊凡·克理瑪等。是他們讓那個偉大的布拉格，閃爍著不朽的文學之光。但仔細的分析這個「布拉格文學」，卡夫卡和哈謝克可能是二十世紀「布拉格文學」的兩個源頭。在這個兩個源頭之下，我們如果認真閱讀赫拉巴爾、克理瑪和昆德拉的作品，會發現後邊三者與哈謝克的寫作關係更為密切些。因為他們的寫作，都以不同方式，表現、貫穿了哈謝克抓到的那個「布拉格精神」。比如以幽默化解世界的力量，如同帥克用他的啤酒肚子去迎對敵人的刺刀和坦克樣。當然，這三者中，昆德拉的寫作，更不一樣些。而哈維爾作為作家的出現，則是「布拉格文學」顯得更為利銳和現實。由此想到卡夫卡的寫作，似乎在全世界有著更為廣泛的影響，在布拉格則有著更為深刻的象徵。這樣，我

們其實把卡夫卡和哈謝克放在一起並說時，就發現了一個有趣的現象：有一種寫作是用來影響作家思維變化的，如卡夫卡的寫作；而另一種寫作，是用來影響作家寫作（作品）變化的，如哈謝克的寫作。換言之，模仿卡夫卡的寫作是一種死亡，而用卡夫卡的思維去啟迪自己的思維，或可是一種新生。但借鑒哈謝克的寫作，卻同樣可以讓自己的寫作鮮活、生動和富於一種生命感，而能否讓哈謝克的寫作在自己的寫作中超越風格，轉化成一種更不一樣的文學觀和世界觀，那則是寫作真正的才華和天賦了。

我是相信《好兵帥克》這部作品，更重要的是給我們提供了一種文學觀和世界觀，而非簡單的提供了帥克這個人物和帥克獨有的反抗精神。

說到授獎詞中提到的我和卡夫卡、赫拉巴爾的聯繫，我想主要是我與赫拉巴爾一樣，都與哈謝克的寫作有某種關聯吧。尤其中國的歷史，與捷克的歷史有那麼的相近性。我與赫拉巴爾一樣，都在這相近的歷史環境中寫作，又都有幾乎相同的邊緣性和相同的寫作生態環境。而與卡夫卡，我想要做的，是從他那兒逃出來。不是從他的作品中逃出來，而是從他的文學思維闖出來。

現在，我們從「布拉格文學」說開去，如果一定要說出我和哪位作家的相似性，倒不如讓我說出我對哪位作家的逃避性。之所以要逃避，皆是因為有相似或者太相似，而不得不抓緊逃避和離開。以逃避的先後年代順序為次序，我明確要逃避離開的作家依次是日本的德田秋聲、安部公房，法國的卡繆，英國的勞倫斯和歐威爾和美國上世紀

五、六〇年代的「黃金文學」期的各種文學潮和作家們。

再後來，要逃離的是拉美文學和卡夫卡。

而現在，這幾年讓我迷戀並要逃離的應該是杜思妥也夫斯基了。

3.

蔣：閻老師，您似乎總是會提到「失敗感」，這種失敗感是來自於與寫作的搏鬥更多，還是來自於日常的生活更多呢？

閻：生活的失敗感和寫作的失敗感在我很難分得清。我有時會因為生活中很小的一件事情而沮喪十幾天，導致對閱讀和寫作都失去意義和追求。我是相當患得患失那種人。比如明年是江蘇著名作家陸文夫逝世十週年。他生前忘年交的好友陳豐女士為了給這位前輩作家出套文集做紀念，編好幾卷本的文集後，今年一整年為陸文夫的文集出版尋找出版社，結果家家出版社都因為「市場」而推卸。這讓我想到寫作的殘酷和意義與無意義。還有張賢亮的去世，有篇報導的題目深深地刺中了我的內心：〈一個靠死亡來占有版面的作家〉。大概是這個題目吧。它道出了寫作的殘酷和現實對文學的全部內涵來。不要忘記，張賢亮和陸文夫，都是上一代作家中最優秀的作家。他們的結局，也將是我們的命定。當然，誰的寫作，都不是為了追求不朽。魯迅和曹雪芹，也都是為了寫作而寫作，而非為了不朽而寫作。但命運讓一個人過早地看到他一生追求的結局是怎

樣時，那種挫敗感，就有著無法說的悽楚和傷痛。

聽到泰戈爾在死亡之前，歎息自己一生努力而一事無成時，還有哪位作家、詩人能不為自己文學的挫敗而默言、無奈和沉默呢？所以說，我是深知失敗最是作家命定的生活和寫作的命運了。

4.

蔣：您現在的寫作習慣是怎樣的？原來看過李洱老師的一篇文章，說您曾經有一段時間，每天寫一萬字，並且堅持了很長時間。現在每天的工作量大概是多少？寫作對您來說，是越來越困難，還是越來越熟練？

閻：二十幾歲至三十來歲那些年，確實有過「短篇不過夜，中篇不過週」的好歲月。每天寫八千一萬字，雖然粗糙卻充滿了激情和精力。然現在，水已東逝，不見長流。今天的習慣是，只要在家，每天上午都坐下寫上兩千字。但多些五百字，就感到困難和精疲力竭了。在這樣的寫作中，技巧、技術是越來越熟練。情感、情緒卻越來越枯竭。所以，今天的寫作，要警惕的是過分的技術化和激情的遲鈍化。

必須承認，《百年孤寂》是過渡技術的一部書。相比之下，《預知死亡紀事》，其中內化的情感與激流，要比《百年孤寂》澎湃得多。在拉美文學中，就技術與情感的調配言，我更喜歡《佩德羅‧巴拉莫》和後來者尤薩的

《潘達雷昂上校與勞軍女郎》。在技術與情感的調配寫作中，《愛在瘟疫蔓延時》也比《百年孤寂》更柔和。之所以全世界的讀者都喜歡《百年孤寂》這部書，有相當的人都是被它的技術驚著了。

5.

蔣：《為人民服務》韓國電影公司買去了版權。我查到是一位新銳而風格獨特的七〇後韓國導演來執導，這非常令人期待。您之前的《丁莊夢》也被改編成電影，如何看待自己作品的影像化？

閻：《為人民服務》確實在本月15日於韓國拍攝開機了，導演與演員，都是非常新銳才華的年輕人。可我始終認為，那件事情與我沒有太大關係。就像種子公司將一把菜種、一粒樹種賣給別人後，人家種與不種，種在哪兒，用怎樣的方式培育、養成都與種子公司沒有關係了。顧長衛的《最愛》，也確實是根據《丁莊夢》改編的，可那除了他與我共同收穫了一把辛酸之淚外，其實已經再無他獲了。我最想被改編成電影的小說是《年月日》，這中間我和顧長衛等人共同努力了七、八年，劇本幾易其稿，現在看來也是窗子對風的收穫吧。這些經歷與過程，讓我更堅定的認為，文學才是作家的立身之本，而非影視的改編與熱鬧。

6.

蔣：對於您的作品，我最喜歡的是《四書》，看得人心驚肉
跳，時而想要躲在地底下，時而又想高高地飛起來。你是
如何構思這部作品的？

閻：就長篇寫作言，《日光流年》、《堅硬如水》、《受活》
寫作那幾年，我體會到了一種無拘無束的自由感，之後我
的寫作被他人和自己約束了。直到創作《四書》時，這種
感覺才又重找回來，並被我牢牢地抓在手裡和筆端。說到
構思，是 1990 年我在軍藝讀書時，有位同學是蘭州軍區
的，他曾經在坦克部隊服過役，說他們的坦克部隊，在甘
肅的沙漠訓練時，烈日之下，沙漠之上，一輛輛隆隆的坦
克車從沙地開過去，忽然發現鐵輪下有一根根、一片片的
白色骨頭露出來。後來坦克車停下後，大家撿起那根根片
片的骨頭查看時，驚異的發現，那些骨頭都是人骨頭。

再後來，就知道那片沙漠上曾經在「反右」時，是
「五七」幹校了，是我們值得敬重的作家楊顯惠寫的《夾
邊溝紀事》那地方。那根根片片的白骨頭，是一批知識分
子在所謂的「三年自然災害」中留在那兒的生命和遺跡。
這就是《四書》故事構思的開始。對我來說，小說構思分
為兩部分，一部分是人人都講的寫什麼，另一部分是更為
重要的怎麼寫。寫什麼自然是指內容和故事了。怎麼寫就
到了講故事的「講」上去。《四書》從九〇年構思開始，

到楊顯惠老師的《夾邊溝紀事》，2000 年前後在《上海文學》連續發表我都沒有寫，這是因為我不知道應該怎樣寫。加之後來我寫作命運的風風雨雨，波波折折，直到 2009 年，所謂的「聖經語言」和四本書的「書摘體」走進腦子裡，也才算構思成熟，可以動筆寫作了。

對我言，所謂構思，大多不在故事間，而在講故事的方法上。我的構思不是構思故事，而是「尋找方法」。靈感，不是讓我張嘴，而是讓我怎樣張嘴，發出怎樣的聲音來。回到《四書》的方法構置上，2009 年很偶然的一天裡，在我從家裡去人民大學的路途上，腦子裡忽然跳出了一個異常奇怪的畫面和念頭：我想如果有個人有一把槍，那支槍裡有子彈，他見了誰都要把槍遞給人家說：「你開槍把我打死吧！」「你開槍把我打死吧！」科長、處長、情人、父母，如果他見誰都這樣遞槍要求對方開槍把自己打死時，那該是怎樣的場景和畫面——於是，「孩子」的形象和講故事的方法同時在我腦裡產生了。有了那樣的「講法」，原有故事的碎片也就完整了，齊全了。

甚至可以說，在那一瞬間，是講故事的方法帶給我了一個不得不講的故事。這就是《四書》的產生。也就在 2009 年 5 月的那一天，我去人民大學辦事的第二日，我開始動筆寫下了《四書》的開頭：

「大地和腳，回來了。」

7.

蔣：在卡夫卡獎的頒獎中，授獎詞和評委們都高度評價了你的
《受活》和《四書》等，稱這些作品是「令人驚異」的
偉大傑作。但我知道，你是因為《受活》離開部隊的，而
《四書》又沒有在大陸出版。雖然您在後記中寫到創作
《四書》是一次「不為出版的徹底胡寫」。但是作為作
家，作品無法和讀者接觸也還是遺憾的；另外，任何一個
作家，被稱為「禁書作家」時，也是對本身寫作高度的低
估。請問，小說連續被禁對您寫作的心態會有影響麼？

閻：首先說一下，我不懂外語，但我們對西方讀者和論者說的
「偉大」、「傑作」這樣的評價，還是不要太認真。我總
覺得他們說的「偉大」和「傑作」，也就是中文裡的「還
不錯」，和我們說的「偉大」是有差別的。

　　對於「禁書作家」這個稱謂，我既沒有榮譽感，也沒有
什麼羞恥感。那只不過一個帶有噱頭而被出版我小說的世
界各國和地區都過度強調的一個事實。我已經寫了上十部
長篇，不能出版的也就那麼三五部（含中篇），而大部分
重要的作品，都還是在中國出版了。讀者是可以從那些已
經出版的作品中閱讀我和了解我。

　　我不為不能出版而遺憾，反而會為了出版而或多或少放
棄寫作的自由而遺憾。

　　換句話說，為了出版，我曾經在《丁莊夢》和《風雅

頌》中有過過多的妥協，放棄了想像的自由。而從 2004 年，因為《受活》離開部隊和《為人民服務》被禁始，到 2009 年的六年間，這是我中年創作最好的黃金期。可這六年時間的寫作，我都在想像的猶豫、徘徊中度過了。當我年過五十時，我意識到了這一點。尤其《我與父輩》在中國的廣受喜愛，讓我警惕了我的寫作。

說實話，《我與父輩》不是我想要寫的書。因為它對我來說太容易，幾乎是毫無難度的寫作，儘管我在寫《我與父輩》中不斷哽咽和掉淚。我希望我的寫作有難度，對我、讀者和批評家，都有一些挑戰性。沒有這種挑戰性，寫作就如順水下划的舟。我希望我的寫作各方各面都是那種逆水行舟式，儘管我做不到。寫作中流逝的最好的中年歲月和《我與父輩》的廣受喜愛，讓我警惕我的寫作必須回到逆水行舟的軌道上，必須開始新的「想怎麼寫就怎麼寫」的「胡寫」狀態，不能打破人家的寫作秩序，也要盡可能毀掉和建立自己的寫作秩序。

作家必須在寫作中擁有毫無阻攔的自由感，失去了這種自由感，也就失去了他的創造性。所以，《四書》能不能出版對我是早有心理準備的。《炸裂志》也是有所準備的。但《炸裂志》還是出版了。這說明中國出版界有許多可敬重的人，說明我們的出版環境中有相當的包容性，只是我們自己不努力去擴大這種包容性，反而要人為地縮小包容性。

8.

蔣：在已有的十四屆卡夫卡文學獎中，聽說只有你和英國作家品特是第一次入選就獲得了卡夫卡文學獎，而其他十二位作家，如羅斯、耶利內克、村上春樹、哈維爾和伊凡‧克理瑪等，都是至少入圍兩次以上才得獎。當然，2005年，品特在獲得卡夫卡獎後馬上又獲得了諾貝爾文學獎，而你，因這次獲獎，也終止了「陪榜」的旅程，對此，你有什麼看法？另外，在你的寫作生涯中，有沒有過讓自己後悔的寫作？還有什麼一直想寫而未寫的題材？

閻：對獲獎和陪榜，沒有什麼看法，這一切都不是寫作的終止。就是第一次入圍就獲獎，也並不說明你比別人寫得好，大概說明你也許比別人運氣不差吧。

　　說到讓自己後悔的寫作還是有。比如《丁莊夢》，是讓我自己最後悔的一次寫作了。今天《丁莊夢》的小說故事是被「自我審查」過濾的故事了。那故事充滿著作家講述的謹慎而非自由和狂放。

　　說到想寫而未寫的題材，那就是我在部隊待了二十六年，而我所在的部隊，又有著非常特殊的經歷，比如「解放台灣」的一江三島之戰，「沙家浜」的榮譽光環，孟良崮的浴血生死，七九年的「自衛反擊」戰，八九年的特殊使命等，這些歷史和歷史中作為人的軍人們，凡此種種，我都沒有開始去寫去觸碰。

對我來說，我能講的獨特故事太多了，只是我不知道該怎樣去講它，似乎也沒有足夠的精力和體力講述它。

9.

蔣：你的演講〈上天和生活選定的那個感受黑暗的人〉，雖然沒有真正發表和刊載，但在網上和微信上的傳播，可以說無論是在知識分子中還是民間裡，都熱烈出一種「異常」來，對此還有什麼要說嗎？

閻：沒有。要說的都已經在那演講裡邊了。

10.

蔣：您屬於「黃金時代」的那一代作家，同時代的還有莫言、余華、蘇童等人，你們代表了八〇年代至今的文學高峰。這個黃金時代是怎麼產生的？當時，您是否覺得和這些作家們存在競爭關係，或者某種親切感？是否像人們所謂的「文人相輕」？到了今天，曾經在同一本刊物上發表小說的作家們，也都走了不一樣的路。如今，作家之間的關係，和二十年前有什麼不同？

閻：同時代的作家除了你說的還有很多人，比起他們來，我想我開始寫作的時間和他們差不多，而真正受到關注要晚好些年。我似乎是一個後來者；是一個「插隊」的人。在這

支隊伍中，我不覺得大家彼此有「文人相輕」那感覺。但我很清楚，他們的寫作，都有其長處是我的不足，都有我值得借鑒和學習的妙處在他們的作品裡。說到「都走了不一樣的路」，這大約是寫作和命運之必然。二十年前大家都年輕，都在寫作的奮鬥中，多都彼此閱讀對方的作品，或欣賞，或批評，再或是在作者不在場的朋友間嘻嘻哈哈，說長道短。但現在，不是這樣了，大多是同代人不讀同代人的作品了，也不公開談論評說同代人的作品了。連「文人相輕」的條件都沒了，這就是我感覺中的變化吧。

11.

蔣：您每隔一段時間都要回老家，那裡還是您筆下熟悉的耙耬山區麼？在我自己的經驗裡，故鄉是令人失望的。您現在回家，感覺有什麼不一樣？他們如何看待「大作家閻連科」？

閻：我在我家鄉並沒有大家想像那麼受歡迎。有一次，就在三年前的春節前後，我們縣的老宣傳部長，喝了一點酒，突然打來電話對我說：「連科，我給你說句實話吧——你是我們縣最不受歡迎的人！」這是酒後真言。但這使我知道了我在那塊土地上的形象有多不好。對於這個「最不受歡迎的人」，我的家人也都不斷勸我說，你沒有以前寫得好。你以前年輕時，中央一套黃金時間還連續播出你寫的電視劇，可現在——不說相反，也相去甚遠了。

前幾天，領完卡夫卡獎回到北京，我收到我們縣縣委書記和縣長的一封賀信，粉紅色的紙，打印上去的字：「欣聞您榮獲 2014 年卡夫卡獎，我們代表縣委、縣政府及家鄉人民表示熱烈的祝賀！」知道這是禮節和客氣，但還是有一種隱密的暖流在血液中微微地流動。不是為了這賀信，而是那賀信中透露出的你與那塊土地的關係：

　　我是那塊土地的索取者。

　　我全部的寫作和講述，都無法離開那塊土地上的人或事。就是我再虛構出一部《紅樓夢》和《西遊記》，那故事也必須落地在那塊土地上。我的寫作，必須有一種「在地性」。我想莫言、余華、劉震雲、王安憶、賈平凹、蘇童、遲子建、畢飛宇和方方等，還有李銳、韓少功、張煒、格非這些身分和土地有一定「簡隙」的作家們，大家的寫作都有一種「在地性」。只是這種「在地性」的程度、關係和方式不同罷了。我的「在地性」，是那種瘋長在土地和山坡上的一片荊棘和野草。對那塊土地言，它既不能成材為棟梁，為那塊土地修橋、鋪路、蓋房、造福所使用，也不能成為那塊土地上的一片花園和果實，供人們觀賞、品嘗和嚼味。一片野荊的在地性，就是對土地和養分無盡的索取與使用，而對土地和土地上的人，無所回報，無所饋贈。只是在旱天或雨季洪水的災難中，人們也許才會看見它一點綠色的存在和把持土地不被流失的意義吧。所以說，我每年回家，也都是悄然地回，悄然的返，

如同外出打工多年沒能掙下錢財來富裕鄰里、光祖耀宗的一個長年在外的農民工。

12.

蔣：我特別喜歡《日光流年》的小說結構，從一個人的死亡開始，到他的出生結束，有種生命異樣的圓滿感。無論是在生活中還是作品中，您總是在關注、談論死亡和生命，這讓人很驚訝，對我來說還無法體會這一點。對生命和死亡的看法，你到底和別人有什麼不一樣？我前幾天看到一個世界拳王的報導，說他保持了十幾年的不敗之身。當他退役之後，人們讓他總結他的運動生涯，他說「我就是這樣的人，我盡力了。」您會有「退役」的一天麼？如果有，到時讓您在總結自己漫長的寫作生涯，你會如何說？

閻：年齡、歲月、衰老、疾病、煩惱和寫作的力不從心等，這些東西無可阻止的到來，使我更清楚地看到了人的生命的尾聲。

　　直言說，我看到了死亡的逼近。

　　一個常常不能忘記死亡的人，自然會不斷想到寫作的退役和擱筆。前不久，在手機上讀到張潔的〈就此道別〉，真是百感交集，戚然淚下。和張潔老師相比，我還不到那年齡，不到那時候，但屬於我的「就此道別」那一天，如史鐵生說的那樣，已經邁著均勻而有力的步子，日日地走來和逼近，而且帶著無可阻擋的急迫和尖銳。回到寫作

上，不是我會不會有「退役」那一天，而是我必須去面對和擁抱那一天。為此，我最是以孫梨的晚年為榜樣，設想退役的契機到來時，將不再與喧鬧的文壇有任何瓜葛和糾結，過一種靜靜默默的生活和日常，生病吃藥，澆水花草，朋友來了端茶和倒水。然後，文學和世界，就與我自己沒有什麼干係了。我不打算去總結自己漫長的寫作生涯，但時常去想，我該怎樣去講述我的最後一個故事。而哪個故事，又屬於我所有故事的尾聲和句號。

十一月

全民的閱讀與茫然

2014年法國作家帕特里克‧莫迪亞諾獲諾貝爾文學獎

據新華社斯德哥爾摩10月9日電瑞典文學院9日宣布，將 2014 年諾貝爾文學獎授予法國作家帕特里克‧莫迪亞諾。

瑞典文學院常任祕書彼得‧恩隆德當天中午在瑞典文學院會議廳先後用瑞典語和英語宣布獲獎者姓名。他說，莫迪亞諾作為作家，以回憶的藝術喚醒了最難以捉摸的人類命運，揭露了占領時期的生活世界，從而獲得今年諾貝爾文學獎。

瑞典文學院在當天發表的聲明中說，莫迪亞諾的作品主題主要圍繞著「記憶、遺忘、身分與愧疚」，巴黎這座城市經常出現在他所創作的作品中。有時，他也會將自己多年積累的採訪、報紙文章或筆記當中的素材融入作品。

莫迪亞諾 1945 年7月30日出生於法國巴黎西南郊，父親是猶太商人，母親是演員。他自幼喜愛文學，十幾歲便開始嘗試小說創作。就讀大學一年後，他便離開學校專心從事寫作。1968 年，他的處女作《星形廣場》一經出版便備受矚目，這是一部反映社會現實的作品。隨後，他還創作了《夜晚巡邏隊》、《環城大道》、《淒涼的別墅》和《暗店街》等被翻譯成多種語言的暢銷佳作，並獲得過法國法蘭西文學院小說獎和龔固爾文學獎。

莫迪亞諾被譽為「新寓言」派代表作家，他的作品主要探索和研究當今人類存在及其與周圍環境、現實的關係。他還在兒童文學與電影劇本方面進行創作。

我說讀書

閻連科

　　對於作家言，最大的悲劇是看不進去書。看什麼書都覺得沒有什麼了不得，不如自己寫得好。當年讀書只要是印在紙上的字，對他都有一種飢渴感。可今天，捧起名著看，也覺得不過爾爾了。

　　有人讀書如同人之一日三餐般，餓需食，渴需飲，讀書是生理飽食之必需，從什麼書中都能讀到一種好，有天然的一個閱讀好胃口。還有一種人，是實至名歸的讀書美食家，翻開書頁嗅一下，讀那麼幾行或幾頁，就知道這本書的食材、配料和烹飪技術了。看封面、排版或書頁題圖與尾花，如同欣賞一盤菜的色澤、形狀和一桌宴席的擺放及上菜先後之順序，有一點兒瑕疵，就不以為然乃至不肖一顧了，其挑剔如花大價錢去買一枚戒指或鑽墜。也當然，遇到了一本意外之好的，他就像遇到了桃花運中最為中意的一夜情，那樂懷，那留戀，那念念不忘的竊喜和生怕人所不知的熬煎與急切，不迅速與人分享就如自己會被幸福、快樂憋死的樣，可又真的與人分享時，卻又生怕別人也去讀了那本書，從中悟走比自己更多的慧智和知識，如同別人會拐走他的情人樣。

　　有人讀書就是為了讀，不讀那段時間煎熬不過去。有人讀書是冒著賣弄的風險，為了讀完說給別人聽，不說出去就等於白白讀一場。還有人，默默讀，默默想，讀了什麼，想了什麼，從不和人討論和議論。這樣的人，作家或讀家，是頗有陰

黑可怕的，我們不知道他有一天會寫出什麼來，說出什麼來，如擔心一條不愛叫的狗，不知道哪一天牠就施威張口了。然在現實裡，有的狗一生都不叫，一生也不發威張開口，因為他身上壓根沒有威力和積蓄。也還有狗愛動、愛叫、愛威風，因為人家身上有太多的積蓄和力量。什麼都不是一個定數和不變，如同從乞丐到皇帝，或從皇帝再到囚徒的命運樣，不定才是命運之本質。讀書是寫作者的命源和根本。沒有閱讀之命運，就沒有作家寫作之命運。讀怎麼樣的書，才可能寫出什麼樣的文章來。波赫士一生仰仗閱讀而寫作；馬奎斯仰仗不算多的閱讀中的感悟而寫作。錢鍾書的《管錐篇》，因為他閱讀太多而拒絕別人去閱讀，所以稱他為閱讀家和學問家，要比稱他為作家和創造家更為恰切和尊重他。

我之所以不是好作家，是因我不是一個好讀者。我很少覺得我比別人寫得好，可捧書閱讀時，又常常有閱讀的疲勞感，這如同飢腸轆轆又有些厭食的人，快要餓死了，還嫌飯的味道不夠好。我解決這種飢餓並厭食的方法是，低三下四去和那些愛閱讀的人混跡在一起，聽人家說，聽人家聊，像孩子偷聽大人講話般，從人家談論的三本、五本書中偷盜體味出一本自己喜愛的，把人家當作自己閱讀的過濾器。這有些不道德、不仗義和不磊落，可我年長了，人家也都原諒我。

我不是好作家，也不是好讀者，可能是個好聽者。愛聽並較能辨析別人讀過的書中哪本更有價值、也更為適合我，如能從別人的鏡中照見自己的影。說讀書，我其實是個閱讀中的小貪和賊竊，不僅從閱讀的書本中去竊取，還要從別人的閱讀囊裡去竊取，這實在是汗顏和無奈。

為一本書的浮想

閻連科

給讀者寄書

這個月，《炸裂志》終於出版的大半年之後，我接到了幾封不相識的讀者的來信，都說《炸裂志》多好多好。知道人家那話，多是一種交往的虛誇，因為那信的最後，都寫著希望我給人家寄去一本簽名的書去。因此我就要替人買書，去郵局快遞。明知這是賠本的愚行，可還是很樂意的踐行此事。

上世紀的八〇年代，對作家來說，讀者來信會多成一種負擔。而今，有讀者執筆寫信，那委實已是罕見的奇遇。哪怕那信有些浮誇和別的目的。尤其在我，尤其是《炸裂志》這本出書時讓策畫人、出版公司和出版社費盡周折和心思的東西；這本出版後讓讀者、媒體和論家，都遮遮掩掩的東西，有人愛看、有人說好，那是如生日禮物一樣使人愜意的禮品呢。

於是，這段時日，凡有電話和來信要《炸裂志》的，我都會再加一本別的小說寄過去；凡要我別的小說的，我都會再加一本《炸裂志》，棲棲遑遑地寄過去。

我家人見我這樣兒，都說「你傻呀！」我就笑笑不說話。

1.

對於讀者，文學常常引領生活；對於作家，生活總是在逼迫著文學。

今天的中國，正以快馬加鞭的方式，欲以用最短的時間，超越歐美二百年的歷史進度。於是，一切的規則與過程，都被目的所取代。不擇手段的捷徑，成了發展、富裕、英雄和成功者的智慧和階梯；權力與金錢，又合謀偷換了人們的靈魂，這就使得那塊有十四億人口的古地上，每時每天所發生的事情，都驚心動魄，回味無窮。它荒誕複雜，混亂無序，一切的美醜、善惡、好壞、實在與虛無、有價值和無意義，都無法評判和梳理那兒連綴的發生和存在。人類對事物的一切解說，在那兒都如一塊磁鐵面對土原的無語，它有力的磁性和磁場，如一塊隕石落入大海而不復存在了。

看守所中的半盆洗臉水，確實把一個人給活生生的淹死了。

春節到來時，上海的黃浦江上確實有一萬多頭死豬浩浩蕩蕩漂浮而過了。

中國某地由土葬改為火葬時，人們為了趕在火葬場開機焚燒的前一天死去而土葬，老人們確實紛紛地自覺選擇自殺了。

一切都是不夠真實的，違背人類常情邏輯的。可它又是日常的，每時每刻發生的，如不知怎樣就質變了的水和空氣樣，普遍而瀰漫。這是一個新的國家，也是一個舊的國家。它是極度封建專制的，卻也是相當現代富有的；是極其西化的，也是固有東方的。世界在改變它，它也在改變全世界。在這個

過程中，它的全部新異就是用人們不能理喻的真實來超越和挑戰人類發生與想像的底線。於是，它有了不真實的真實、不存在的存在、不可能的可能。有了我們看不見、摸不著，甚至也無法感受的發生規則和規律。

它有了新的邏輯和新情理。

有了一種可謂「神實」的普遍之存在。

這種神實的現實與歷史、真實與發生，讓中國人先是驚詫和懷疑，進而日常和習慣，最終就麻木並認同這種在世界上近乎獨一無二的歷史了。在全世界面對中國今天日日的奇情異事都目瞪口呆時，中國所有作家的筆和鍵，面對這些超越了人類歷史經驗的實在，都感覺到了寫作面對現實的無力與無奈。世界文學中一切的流派、主義和技巧，在中國奇異的故事面前，都會發出無力的喘息和感歎。

中國的現實，在逼迫著一種新的寫作。

最為不可理喻的歷史與實在，在催生著一種可謂神實主義文學的產生——用最獨到的文學之法，展示看不見的真實，凸顯被掩蓋的真實，描繪「不存在」的真實；讓文學的腳步走在靈魂與精神（不是生活）的路道上，去追尋那些在幽深之處引爆現實與生活的核能。

2.

在我們固有的小說中，關於故事、情節、細節乃至於人的心理與言行，沒有因果關係是不可思議的，也是無法存在的。這個因果之關係，以科學與邏輯的名譽，霸占了人類和宇

宙的一切，其合理性的鏈條，如同今天的到來，是因為昨天的失去樣，環環相扣，節節因果。有了陽光，也就有了萬物；有了交配，也才有了孕育；有了發動機的出現，也才有了一種新的運動。因果邏輯之情理，在這兒鮮明得如一頂貴族的帽子。

在經典的現實主義作家那兒，所有的人與事物的展開和進行，都事出有因、全面完整，並必然為因果相均等。一百斤重量的原因，一定要有百斤重的結果；之後有百米尺度的所以，之前一定要有百米尺度的因為。因為與所以，可以隱藏、含蓄和不寫，但決然不能不存在。這種因與果大小的完全性和一致性，可謂現實主義的「全因果」。全因果中因與果的對等性，就是故事最為上佳的邏輯性。現實主義嚴格按照這個對等的邏輯關係來鋪陳和展開，捨此的超越或偏離，就不再是或不純粹是現實主義了。

「一天早晨，格里高爾‧薩姆沙從不安的夢中醒來，發現自己躺在床上變成了一隻巨大的甲蟲。」[1]直到小說的最後，卡夫卡都沒有告訴我們薩姆沙從現實事物和人的生理上是「為什麼」、「怎麼樣」變為甲蟲的。

果仍在，因卻消失了。

——這是卡夫卡對現實主義最有力的背叛。於是，他在文學中發現（創造）了現實主義之外的「零因果」——沒有因為的所以，沒有條件的結果；或者是沒有結果的原因（《審判》和《城堡》）。如此，荒誕產生了。一種新的寫作，為文學播下了偉大、現代的粒種。

他（墨爾基阿德斯）拽著兩塊鐵錠挨家串戶地走著，大

夥兒驚異地看到鐵鍋、鐵盆、鐵鉗、小鐵鏈紛紛從原地落下，木板因為鐵釘和螺絲沒命的掙脫而嘎嘎作響，甚至連那些遺失很久的東西，居然從人們尋找多遍的地方鑽了出來。[2]

因為磁鐵的到來和召喚，木板上的鐵釘和螺絲為掙脫而做出嘎嘎的回應──被卡夫卡丟掉的因，在這兒又遊戲、歡笑著回來了。然而回來的這個因，又和果沒有那種現實主義的完全對等性，它是三七或四六的「半因果」。所以，當半因果統治了《百年孤獨》，並或多或少總是讓各種情節的關係、轉換都和生活中常識性的真實邏輯相互關聯時，世界向這種半因果的故事漸次發出了歡呼和尖叫，把榮譽如飢餓中的饅頭樣，送給了拉美和那兒的作家們。

3.

神實主義被中國的現實催生後，它以怎樣的因果邏輯存在呢？

到今天，中國人最終明白了上世紀六〇年代中國的「大躍進」，一把劈柴和一把沙，為何就能煉出一塊鋼鐵來；一畝地或二分田，為何能產出一萬、兩萬斤的小麥來──原來人類最荒誕不經的中國現實與歷史，總是有看不見的內真實。

內真實中總有一個或幾個「內因果」。

是內因果在決定著最荒誕的現實、歷史和人們，如《聖經》中的神說要有光，也就有了光；神說要有水，也就有了水；神要把白晝和黑暗分開來，也就有了白天和黑夜。而中國

的現實與歷史，現實中的一切荒誕、無序、混亂和不解，人心、靈魂的苦痛和糾結，都隱藏在內真實包含的因果裡，當寫作抓到了這個內因果——引爆現實與生活的核——神實主義的「神」，也就成為了一種在現實中看不見但在文學中卻看得見的真、可存在的真。神實主義的真，不是為了證明生活中 1+1 確實等於 2，而是為了讓人們感受、感知 1+1 為何不等於 2；B 的發生，為何與 A 無關聯；不僅為了說明人們為何相信一畝地可以產出一萬到兩萬斤的小麥與稻子，而且還展示了畝產一萬、二萬斤小麥、稻子的緣由、過程和「真實」。

在《四書》那部小說中，有一位被改造的作家，為了種出畝產萬斤的小麥來，他選了一塊不一樣的地。這塊土地下埋著曾經呼風喚雨、權力無上的封建古皇帝。土地是塊黃帝陵。作家就在那埋著威權皇帝的墓地上播種小麥粒，待小麥發芽需要澆水時，他澆的不是水，而是一次次地割破自己的食指，把自己的鮮血和水混在一塊澆小麥，乃至於在小麥灌漿時，他把自己的動脈血管割開來，讓自己的血噴向天空，和雨水一道落在麥地裡。如此著，收穫時他種的小麥穗就和玉米穗兒一樣大，畝產就果然萬斤了——人的最深處看不見的苦痛和災難，在創造著人類的一切和可能，這就是畝產萬斤的內因果。

現實主義嚴格遵守邏輯關係中的因果對等性；

而荒誕往往拋棄這種因果性；

魔幻又找回現實的因果來，卻又不完全是現實生活中的對等之因果。

當所有的小說大抵都在這種因果邏輯中展開人和物事時，神實主義從中國現實中抓住了深藏不見的內因果，抓住了核裂

變中看不見的核，至於裂變過程中怎樣的荒誕、混亂和無序，不真實和無邏輯，也就可以理喻、理解了。《炸裂志》努力呈現的，就是那個促使混亂、裂變的核。在今日混亂之中國，小說一旦抓住了生活中看不見、土地中似乎也不存在的野荒之根鬚，至於土地和生活表面的真實怎樣還有那麼重要嗎？《炸裂志》試圖在黑暗中緝拿「最中國」的因，如畫家要畫出了一條河流深處看不見的河床的物形與嶙峋，在這樣的境況下，談論河水表面的平靜、湍急的合理與不合理，又有什麼意義呢？

神實主義，要面對的就是深水靜流掩蓋的河床與堤岸，要展示的是海面以下三分之二那看不見的冰山的內真實，以此來據證海面以上那三分之一人們看到的冰山為什麼是這樣而非那樣。

神實主義不是為了主義而產生，也不產生於作者的頭腦與筆端，它完全來自今日中國那讓世人無法理喻的普遍怪誕中的人人與物事。它不僅是一種「發現小說」[3]的世界觀與方法論，更是今日的「中國歷史」和「中國故事」本身最根本的存在和精神；甚至它本就不是一種文學觀，而是中國現實之本身、本質和本源。

註
1 中譯卡夫卡小說《變形記》的開頭。
2 中譯馬奎斯《百年孤寂》之開篇段。
3 「發現小說」——作者曾有一部論述十九和二十世紀世界文學的理論隨筆《發現小說》，在這部理論隨筆中，作者以自己最個人的方法，探討了現實主義和二十世紀各種文學中最隱密的差別與不同，更詳細地論述了「神實主義」在世界文學和中國古典文學中的零星存在及今日中國現實土壤上的普遍發生和發展。

「心緒」與「事緒」的西中敘述

──讀《失憶》所想

閻連科

　　如果 1987 年寫就的《失憶》（世紀文睿出版，2012 年
10 月）是在上世紀的八〇年代末或九〇年代初來到中國，那
麼它的作者埃斯普馬克將會在中國暴得大名，如同當年的波赫
士、馬奎斯和之後的昆德拉等一樣，因其敘述的別樣，讓中國
的讀者、作家、批評家對其敬若神明，宛若文學的旱田中突然
流過一道汩汩不絕的潤田之甘水。就是再遲到一些年月，他和
他的作品，也會如《尤利西斯》、《達洛維夫人》和《追憶似
水年華》般，因其文學思維對其過往寫作的決絕反動和人們並
不能完全、真正地了解和洞明作家對文學與世界那種孤絕自我
的認識和表達，反而使其作家和作品，可以更快、更以超然的
姿態，進入經典的行列。如果，那部有七卷之多的《失憶的年
代》（《失憶》為《失憶的年代》系列長篇之第一卷）的
作者不是瑞典的謝爾・埃斯普馬克，或者說，埃斯普馬克不是
1988 至 2004 年諾貝爾文學獎的評委會主席，直到今天卸任之
後，還擔任著那個獎的終審評委，那麼，《失憶》就是今天來
到中國，也應該受到讀者、作家和批評家溫暖的光照與閱讀、
議論和彼此品評的愛戴。可惜，中國的文壇與諾貝爾文學獎那
種一頭熱的關係太過久遠與敏感，這個獎如同被中國人暗戀的
情人，獨自愛著、討論著，那當是一件熱鬧和饒有趣味的事，

倘是推攤開來，擺在光天化日的桌面上，那就讓人躲之惟恐不及了。

　　如同埃斯普馬克的身分會吸引一些讀者和媒體的眼球樣，他的身分也正在阻隔著他的作品進一步的傳播和閱讀。因為他是諾獎的評委，我們就偏偏不去讀他；因為他是諾獎的評委，也就不便讀後的好壞談說了。這種文學傳播的逆反，在中國是最為正常的一件事情呢。我是終於在所謂世界末日的最後一夜，讀完了埃斯普馬克的《失憶》，之後掩卷靜默，不僅感慨《失憶》和中國式寫作的截然，大相逕庭到南轅北轍，也因此感慨，《失憶》走進中國生不逢時的淡寒之運，讓許多讀者錯失著品嘗他國異味之美的小說佳餚。「原來，小說也是可以這樣寫的！」馬爾克斯在讀完卡失卡的《變形記》之後，茅塞頓開的拍案感悟，正可以當作我們今天閱讀《失憶》後集中、精準的感受與表達。

　　《失憶》的譯者萬之（陳邁平）先生在〈譯者後記〉中說到：「對我來說，形式的意識是區別小說家優劣的關鍵。小說不僅在於你寫什麼，也在於你用什麼方式來寫，後者甚至更為重要。」把這話延伸下去，《失憶》的不凡恰恰就在這兒，它不僅為整個西方文學提供了一種有別於其他敘述的敘述，而當它成為中文走進中國時，在中國文學敘述的背景上，它以全新、整合而完整的形式為我們提供了西方「心緒」寫作與中國（東方）「事緒」寫作彼此對照、鏡射的完全不同的寫作方法。僅僅以中國文學為例，自古至今，從曹雪芹到現代的魯迅，所有的小說敘述，都是以「說事」、「寫事」為主要的敘述方法，由事而人，由事而心，無論多麼深刻的思想、複雜的

人物和絕妙無上的境界，都是通過「事」和「事物」來表現。當我們把這些小說稱為「敘事」文學時，對「事」和「事之情」、「事之物」、「事之意」的延展敘述，構成了中國小說幾乎惟一的敘述之法——「事緒敘述」。就是被我們推為小說人物、思想、意境之支點和槓桿的情節與細節，也都是「事」的支點和槓桿。即便水過山河，歲月到了新時期乃至今天的當代文學，小說的方法千幻萬變，豐富到萬象包羅，我們寫作的一切方式與方法，也都是在「事」和「敘事」上展開。事，為小說之源，由事到人，因事而心。《阿Q正傳》深刻地表達了阿 Q 和我們整個民族靈魂的面向，但卻幾乎全部的筆觸，都是由事蕩開，因事而人，由人而心。其中人物的靈魂和內心，都是人物「事緒」的描寫和推演，這也就是這兒要說的東方式的「事緒敘述」。然而，《失憶》卻是恰然的相反。如果可以把我們（中國式）寫作的形式意識用「事緒意識」來說，那麼，《失憶》的形式意識，正可以用「心緒意識」來概括。我們在敘述中用「事緒意識」來完成敘事，而《失憶》在敘述中用「心緒意識」來完成一種全新的寫作——創造的敘心之敘述。事緒敘述是中國的、東方的，也是整個十九世紀世界文學的。而心緒敘述則是西方的、現代的、二十世紀和為人的存在與文學創造不懈追求的那些不一樣的作家們。不知道應該怎樣論說《失憶》在整個西方文學中的地位和獨有，但把它視為西方心緒文學整合、創造的一次完整、完美的呈現，將其放在東方寫作經驗的平台上，將會讓我們更清楚地看到西方的心緒敘述和東方的事緒敘述之差別；將會讓我們看到《失憶》寫作的別類、難度和高度，一如在一塊雄渾土地上的沙礫間，一顆鑽

石無可阻掩的光亮和麗美。

《失憶》是一部真正沒有故事、捨棄情節的小說。我們通常想像、虛構、設置的矛盾與衝突，被作家無情地橫掃出局了。傳統的敘事與情節，情節與衝突，在《失憶》中即便不是作家的敵人，也是可有可無的心緒流動中的橋板和過河的跳石，有則有之，無則無之，一切都服從主人翁心緒的流淌和漫延。而且這種心緒流淌的漫延，又完全不是意識流的似無方向的意緒之流。在意識流那一邊，意識漫延的無向性是特定和主要的；而在《失憶》中，心緒流動的有向性則是特定和主要的，明確的，有目標去處的。如果硬要去抽絲剝繭地說出《失憶》的內容來，那就是小說中幾乎是唯一著墨存在的人物，因為失去了記憶，而開始了有張有弛、富於節奏而又綿延不絕的心緒的敘述。他為了找到那個在記憶中丟失的「我」，幾乎是開始了偵破式的記憶的追蹤、盤查、分析和辨別。一張照片、一本護照、一頁舊紙上的字跡和戲票上的印痕，都會成「我在尋找我」的證據和可能。而這種「自我尋找」的結果，就是最終自己也不知道自己到底是誰，在哪兒存在和經歷過，甚至一直被自己捕捉尋找的女人 L，和自己同床共枕、有過孩子，到最終「我在尋找我」中都成了一種無可確定的模糊。「這幅畫肯定有一二十年之久了，上面的孩子如今都是成年人了。這不可能是我和L生的孩子。難道我和她曾經生活在一起嗎？或者是她站在一條我沒有選擇的道路上，而且也不敢選擇？」這種在尋找中的不確定性，成了埃斯普馬克在寫作中的確定性——那就是一切都是游移的、模糊的、無可定奪的。

心緒——一個人內心的思緒與情緒，沿著「我要尋找我」

的路道——有方向地來，有方向地去，可又結果卻是我又愈發找不到了我。這構成了《失憶》這部長篇全部的敘述和寫作創造的徑道。這樣只在寫作中敘述人的心情、心意、心境、心靈的心緒小說，在我們看來，簡直就是寫作的自殺與冒險。但是，《失憶》卻那麼輕鬆地完成了這一切。它的小說之意蘊，因為是對「失憶」這一人類性共症的追究和探討，使得「我在尋找我」這一簡單的「線索」，發散出了豐富、複雜而深刻的思想的芒光，從而也讓「我在尋找我」不僅呈現著哲學的思考，更呈現著一個作家、知識分子在人類現代社會的境遇中，形成對「人」的追問和考究。且《失憶》作為小說的妙處，在於當它承載了哲學上對「我是誰」的追問時，卻因了小說全部描寫著一個「尋找我自己」的失憶者的心緒，而使小說充滿了人心、人性和人的心境的溫度和濕潤，使小說成了「新的小說」，而非是簡單的哲學思想的思考與傳遞。《失憶》不以情節而取勝，而作家所描繪、刻寫的那顆清晰、迷茫（迷亂）的失憶者惶惑不安的內心，卻比跌宕的情節更為抓人和扣心。小說中無處不在、而又不讓你覺得有絲毫突兀的圍繞著「失憶」——這一人類共症的思考的精神之疑，如星光的黑洞，散落在作家敘述的字裡行間，那是作家的疑問，也是主人翁命運的境遇；是主人翁人生的一條盲道，也是作家在現代社會中面向人類疑問的凝結。

　　回到小說的本身來，《失憶》對人的心緒流水刀刻般的敘寫，譯者說這是一種「白雪高端」的書寫，而在操刀的同行看來，則因為他對整個世界文學傳統中「事緒」書寫絕然的拋離，也就必然因此而「高端」，而「白雪」，而成為最有風險

與難度的創造。在事緒寫作中，因事及人，由人而心，由心至靈魂，這是由外向內的一個過程，尤如我們從河的此岸渡到彼岸去，自事而心，是作者要為讀者在寫作中搭建的一座渡河之橋木（工程）。而《失憶》的心緒書寫，則是一個人獨自在心之大海漩渦中的泅渡，它要完成的是自己對自己的自救，沒有渡木，沒有橋梁，只有他自己和那內心漩流的交談、商洽、爭鬥和上岸泅游的可能。由心而心，由心而人。事緒寫作完成的是由外向內的過程；而心緒寫作，則是由內至內在原點上的舞蹈。沒有外力給你借助，只有你自己的心靈可以支撐起你的軀體。失憶者是最為孤獨的。那個由心緒書寫失憶者的人，也是最為孤獨的，如同沒有誰和物據可以幫助失憶者恢復記憶一樣，也沒有誰和擺在文學貨架上的經驗可以讓那個全面展開心緒書寫的人，來完成寫作自救的泅渡。馬奎斯在他的《百年孤寂》中，有不少的篇幅寫了馬孔多人初建村落的失憶，但那都事緒的寫作，是由事和物展現的人群的失憶。昆德拉在他的《遺忘》中不惜筆墨地書寫遺忘和失憶，但那是一個國家、社會在通過權力、物事而建立起的違背人類意願的強制性失憶、遺忘的畸形大廈。那大廈也是事緒與物事的磚瓦建築起來的。可《失憶》中的失憶，卻不是群落的，不是一個國家和集體部落的。它是一個人和這個人的內心的。是整個人類的內心世界的。埃斯普馬克要完成的是通過一個人失意的心靈世界，來建築整個人類失憶共症的世界建築。當那建築的方式不是事緒而是心緒時，他把寫作的難度留給自己了，也把獨有的創造留給自己了。

我用手指劃過這裡的兩張發皺的音樂門票的時候，從裡面好像鑽出一種幾乎耳熟能詳的音樂的轟鳴聲。名字我已經想不出來了，但是那些琴弦在典型的痙攣中爬動，而英國小號又從那些木管吹奏樂器中獲得回應，木管又把人人熟悉的那種涼颼颼的感覺向下發送到你的脊椎。如果不是一兩把小號又將人推到座位椅背上，那麼人甚至會從椅子上飄起來。不過，那不僅僅是音樂把這些激情送進了身體，也是因為我感覺 L 就坐在我的身邊，我們在分享這種激情的體驗，就好像我的手放在她手心上，她把自己的手抽開了。我的指尖能在這些文件的皺褶裡清楚地感覺到她的存在，但是有一個細節完全否認了樂器要暗示的這種共同性。在一張音樂會門票上寫著幾個字，是我的筆跡，但是筆跡裡有些奇怪的東西：「大吵了一架，真是無聊的緋聞。」緋聞？到底是什麼越軌行為，危害了我們共同的生活？（《失憶》，第69-70頁。）

　　這樣一段文字，表達的並不僅僅是作家遣詞用字的精準，對人物心理現實把握的恰妙和對失憶者失憶思緒細膩的描繪，更為難能的，是作家把將要滑向事緒的敘述，又是怎樣控制在心緒的範圍之內，讓敘述中的「事」，永遠小於人物的「心」。所有小說的事之情、事之意、事之境的事緒敘述，都服從於心緒敘述的展開和推進。在心緒的範圍內敘述事緒。而事又必然源於心緒之端，又終為心緒所展現。心緒高於一切，是《失憶》敘述的綱領性脈絡。一切的文字，都來源失憶者內心的心緒之湧動。當這一切都成為《失憶》心緒意識的敘述時，它的有向性，區別並修正了意識流漫延的無向性；心

理的現實性，又區別了二十世紀小說中慣常的心理主義。在這一方面，杜思妥也夫斯基毫無疑問是心理主義的典範大師，但在《罪與罰》和《卡拉馬佐夫兄弟》中，那種心理是基於事緒之外因的，卡夫卡也是人物心理呈示的天才，然而，《審判》中約瑟夫·K，一切內心思緒的源頭，又都是荒誕世界在他心中投射的聲音，是由外向內的荒誕和發射。這些內心現實的呈示和描繪，到了《失憶》中，都已經不再簡單是心理主義和心理現實的描繪與敘寫，而成為了集內心的心理現實、心理主義與意識走向為一體的心緒敘述或心緒主義。在被翻譯為漢語的《失憶》中，《失憶》得力於譯者本身就為一個優秀的漢語作家，又在瑞典成家立業，異邦生活二十多年，對中西文化、文學與現實都有著切骨的感受和體悟，他是那麼好的傳遞了原作語言中的樂感節奏和知識分子小說敘述的那種對人類現實荒謬的焦慮與情緒，就連小說中失憶者對「詞語」的帶有神經性的敏感，也都在翻譯中那麼神妙地被傳遞了過來。實在令人感歎，一本好書與一個好的譯者的相遇，如同一個孤人在此岸無望的站立中，相遇了一個技能超絕的擺渡者。《失憶》的命運正是如此，也許它走入中國已是良辰錯失，時運晚了二十幾年，但與那個譯者的相遇，卻是一種命定的等待。晚已晚矣，但這樣一部如此獨創、獨有的小說，能夠在最為文化浮漂的年代成為卓爾不群的譯本，對作家也是一種最大安慰的值得。

　　《失憶》命定在中國不會有熱鬧的廣泛和群呼的讀者，但它給東方（中國）寫作帶來的啟示性意義，將會在日後一些作家那兒漸顯而明白，一如浩瀚的戈壁中那束遙遠的光，終會被更多的人看見和發現。因此間，那光也將會照亮如我一樣更

多的寫作者腳下行程伴帶的模糊和猶豫。

作為讀者的謙虛

蔣方舟

　　我在北京，目睹過很多場次的「作者見面會」，即使是比較小眾和生僻的作者，也有人數多到超出預計的讀者早早搶占了坐席，看來「吃到了雞蛋，不必見下蛋的母雞」的說法，並沒有深入人心，人們依然還是要去聽講座──重點是看看那個作者，看他和自己想像中的那個人，吻合程度有多少。然後就到了提問的環節，一些人抓住了這個機會，開始大段大段地闡述自己的看法，最後以「你認為我說的對不對？」來結束提問──其實，這不是抓住機會，而是過度關注自我，忽視作者，浪費了這個機會。

　　我讀過一篇文章，是「水晶先生」寫自己拜會晚年張愛玲的經歷，那時張愛玲深居簡出，不見朋友，更不見讀者或粉絲，水晶先生幸運地得到見面的機會，他卻浪費了這個機會。

　　那是一次尷尬的拜會，也是一篇尷尬的文章。全篇都是水晶先生滔滔不絕地講自己如何看待張愛玲的作品、如何看章回體小說、如何批評沈從文與錢鍾書，然後張愛玲說：「嗳。」「很贊同。」唯有一處，水晶先生說《金瓶梅》不好，而張愛玲很詫異，說自己每次讀到宋蕙蓮以及李瓶兒臨終兩段，都要大哭一場。

　　水晶先生接下來又開始為自己辯護，堅持認為《金瓶梅》寫得粗糙、單調而淫穢……如果水晶先生能夠從綿延不絕的自我關注中抽出一兩秒，觀察張愛玲的反應，他是否會發現

她的表情是在哂笑呢？

　　我在年少無知、閱讀甚少的時候，也是這樣一個的讀者。別人看動漫，看言情小說，我不屑，我找米蘭‧昆德拉、尼采來看，一方面為了接受採訪時候能夠引用他們的話；另一方面，也是抱著挑剔和反駁的目的，讀一兩段就在旁邊標注：「寫得也不怎麼樣。」「真的麼？」「我看不懂，是他表達得不清楚？」

　　直到我上高中的一個下午，讀到赫曼‧赫塞的《荒野之狼》，其中有一段話「因為我跟你一樣。因為我也和你一樣孤獨，和你一樣不能愛生活，不能愛人，不能愛我自己，我不能嚴肅認真地對待生活，對待別人和自己。世上總有幾個這樣的人，他們對生活要求很高，對自己的愚蠢和粗野又不甘心。」

　　這段話穿透了紙張，穿越了時間和空間，準確地指向我的內心，讓我看到一個我未曾發現過的自己。我才意識到，讀書的目的不是為了求異，而是為了求同，我的幼稚和自大轟然崩塌，回歸到一個讀者的謙虛。

　　什麼是一個讀者的謙虛？中國古代私塾的教學方式，叫做「素讀」，意思是看書的時候不帶自己觀點，腦袋空白地看。不在書本周圍砌起預備的知識圍牆，不做價值判斷，不添油加醋，不預設任何目的。如同維吉妮亞‧吳爾夫所說，理想的閱讀是「不要向作者發號施令，而要設法變成作者自己。做他的合夥者和同伴。」

　　閱讀，如同走進一座陌生的建築，或是走向一個陌生的人。然後，等待。等待他走向你，與你共享他的人生。如同《金瓶梅》中清河縣城的李瓶兒準確地找到舊金山的張愛玲。

我們閱讀，在他人的經驗中找到自己的影子，發現一群像自己、但比自己更優秀的人組成的世界，他們四周是荒野，頭頂是星辰。他們幫助我們抵抗脆弱的友誼、不完美的愛情、抵抗孤獨引發的脆弱等一切打擊，能夠更輕盈更遼闊地生活著。

　　越來越多的人告訴我，讀書這件事，最終會變得像採購一樣——不需要自己親自去實施，而有人替你完成。比如現在有很多淵博的人做這項工作，他們把一本書拆解、打爛、萃取、重塑，然後用幾分鐘的視頻節目或是廣播，把書中「有價值的內容」講給你，就像電影預告片，把打鬥、爆破、激情戲全部剪輯在一起，讓你覺得看過「精華」之後，不再有必要看正片。

　　而我將永遠拒絕讓人替我閱讀，因為閱讀是極個人化的，是可以提供給我的最大樂趣之一。書的本質，是孤獨的作者與破碎的社會之間的一種交流方式，作者發出聲響，或許幾百年後，在青燈孤照的圖書館，一個孤獨而謙虛的讀者報以應和的回響。

作為作者的痛苦

蔣方舟

今年讓我記憶深刻的，到年末依然難忘懷的事，就是青年翻譯家孫仲旭因為抑鬱症，自殺離世。

我讀高中時，看到一篇譯文，翻譯的是伍迪・艾倫的短篇小說。伍迪・艾倫很難「中文化」，他筆下期期艾艾、神經質的中產階級知識分子在中國人的閱讀經驗裡是陌生的，一不小心，就容易翻譯成「貧嘴張大民的幸福生活」，然而翻譯者出色而優雅地完成了任務，我自此就記住了「孫仲旭」這個名字。

他去世之後，有人約我寫紀念文章，我不願寫，因為私下和他並沒有交情，僅僅憑藉他在微博上的隻言片語而大做文章，推斷他的痛苦，是極為不公平的。就像他逝世之後，網上的緬懷演變為集中控訴「翻譯稿酬低」，這種不負責任的同情，是對逝者的貶低。然而，在所有對痛苦的解釋裡，「貧窮」是最容易理解的一種，因此大家選擇相信孫仲旭的離去與貧窮有關。

我想起另一位因為抑鬱症自殺的作家，他把怨懟與遺憾，寄託在別人的故事裡。

大衛・福斯特・華萊士是美國的天才作家，在任何介紹這個時代最好作家的榜單裡，都會出現他的名字。他的父母都是大學教授，華萊士青少年時期是個優秀的網球運動員，進入大學之後，他的哲學和數學成績都很優秀，後來發現小說才是

最能完整表達自己的方式。

　　我讀過他的第一本小說《系統之帚》，小說的內容和它的題目一樣古怪，主人公是一位二十四歲的年輕女性，她擔心自己只是一個存在於小說當中的人物，因此環繞的一切也如此不真實：從養老院逃跑的曾祖母、神經質的男友、一隻會說話的鸚鵡。

　　這不是一部好看的小說，不斷變化的敘事方式加大了閱讀的難度。因此當我艱難地讀畢之後，我就放棄了這個作家。直到 2008 年 12 月，看到華萊士在家中因為困擾多年的抑鬱症自縊的消息，這個在我的記憶裡淡去多年的作家，才再次出現。

　　他未完成的遺作《蒼白之王》，用將近六百頁的內容，講述發生在美國國家稅務局一個地方辦事處的故事，主人公每天和大量表格、數據打交道。小說的核心便是「無聊」，而他的敘述方式裡也貫徹了這一點，比如小說花了整整一個章節，講各種人如何翻紙：「克里斯翻過一頁紙，霍華德翻過一頁紙，阿納德不小心一次翻過兩頁紙，於是他把其中一頁翻了回去……」

　　整整一章！他以惡作劇的方式挑戰了讀者，讓我當時幾欲憤怒地摔書。直到全書讀畢，我才明白他的意圖：他明明可以寫「辦公室的人翻了幾頁紙」，然而那樣不會在讀者的腦海裡留下任何印記。他是讓讀者用閱讀時的乏味、枯燥和痛苦，去感受主人公的乏味、枯燥和痛苦——他在用文學做大膽的實驗。

　　好的小說，讓不安的人得到安慰，讓舒適的人覺得不

安。文學，通過感受他人的痛苦，並且準確地模擬出來，讓現實生活中孤單受苦的人不再孤獨。用華萊士的話去概括：「小說家，就是讓人明白，身為人是他媽的什麼滋味。」

「搞文字的人容易抑鬱」，這是大多數人輕率而粗魯的結論，在他們的印象裡，文字工作者是生來陰鬱孤僻的，卻不屑了解他們抑鬱的原因。

有太多受苦的聲音，爭先恐後地出現在文學家的腦海裡，企圖通過他的筆書寫出來。身為書寫者的自己，是人物的創作者，還是人物本身？是旁觀者還是參與者？是受苦的人，還是施加痛苦的人？不再能區分。孫仲旭微博中引用尼采的話：「與惡龍纏鬥過久，自身也成為惡龍；凝視深淵過久，深淵將回以凝視。」

會不會被痛苦擊倒，在於是否能夠排解。華萊士去世之後，他的好朋友強納森・法蘭岑在悼念的文章中寫道：「在他去世前的那個夏天，我們一起坐在他家的露台上，他抽著菸，我眼睛一刻不離房子周圍的蜂鳥，而他卻可以不看一眼，我不禁為之悲傷。在他下午服藥後小睡時，我則在為下一次出行研究厄瓜多爾的鳥類，我明白了，他的難以排解的苦惱與我的尚可排解的不滿，二者之間的差別在於，我可以在觀鳥之樂中逃避自己，而他不行。」

在大多數人看來，孫仲旭過著不失浪漫而理想的生活，在一個航運公司工作，業餘從事文學翻譯。不時遠航非洲，十天半個月在大海上漂游，看到大多數城市人一輩子也看不到的繁星。然而他依然選擇離開這個世界，大概因為，大多數人可以在凝視大海中逃避自己，而他不行。

十二月

一年的狗吠或鸝叫

病人病文

　　忽然病了，住進醫院經了一夜的搶救才又和這個世界重新聯繫起來。可雖然還是這個活生生世界的一員，卻又總是覺得這個再次回來的閻連科，已經不是原來那個閻連科。「一月一遇有一寫」的想法，從現在的他去看、去想、去回讀，感覺是那樣的「應景」和不負責。想要擱置下來，卻又覺得已經堅持到了一年最後的十二月。想要去續寫，卻是連半點寫作的欲望都沒有。

　　也就想起了二年前寫了未曾發過的一篇文字，挪移過來，放在這個十二月的尾聲，彷彿水流山澗，恰到好處；或者說，庫截水流，蓄而斷然。似乎那時所寫，就是為了這一年第十二月的總結之所備。

　　也就使這篇文章成了這年、這書的最後之尾聲。

喪家犬的一年

閻連科

習俗讓思想變得頑固，一如晚霞可以把黃昏帶來一樣。離開故土三十餘年，我都無法認同新的一年是從元月一日開始的。而農曆的春節，在我，那才是真正新一年的開端。因為 2011 年對我的黑暗，彷彿停電的隧道於我的幽深之暗長，所以，對 2012 年春節的盼望，讓我想起青年時期對婚姻的渴望。上一年，先是從英國留學回來的孩子，因為不是中國的共產黨員，幾乎無法報考中國任何國家機關的公務員和其他理想的工作，而專業是學法律的他，竟也堅信在中國要有所作為，必先要從國家的公務員做起。這讓我想起他在讀大學時幾次想要入黨，都被我婉言的笑拒：「難道人一輩子非要是一個黨員嗎？」憶起這件事情，我時常覺得面對兒子命運開端的遭際，我這個做父親的真應該在那個黨派的面前跪求下來，希望它給那些不是黨員的孩子在工作上給予和青年黨員就業相同的機遇和可能。至少，也再給那些非黨員的孩子們再多開幾扇就業的門窗。接下來，是我用二十年構思和用二年寫作完成的長篇新作《四書》，如同旅行一樣，投遞、送審了近二十家出版機構，結果一律被退稿拒絕，理由幾乎如出一轍：《四書》如果可以問世，出版社就有可能在中國逝世。我非常理解這樣的出版現狀，儘管我明白《四書》在我一生的寫作和中國文學中凸異的意義，但還是讓我對《四書》的不能出版，懷著長久的感歎和不願、又不得不接受的糾結。與此同時到來的，是我

家房子因為北京發展修路的拆遷。那樣一場急風暴雨的強拆，如同戰爭對一片莊稼、草地、蟲蟻的不屑。沒有人給你看一份需要拆遷的政府文件；沒有人告訴你修公路究竟要占多少小區的土地；也沒有人與你和言商談應該如何賠償的相關事宜。不管你家房子大小，也不管你家買房、修房時用去了多少錢款，所謂的拆遷補償，一律是一戶人家五十萬元人民幣，因為你「配合」了政府的拆遷，再獎勵你七十萬元。這一百二十萬元，是個不小的數字，可面對今天北京的房價，它也就是高檔戶區中一個廁所的房款。被拆遷的居民，為此和拆遷人員爭吵、抵抗，誓死捍衛自己的家園和尊嚴。可是，在去年7月的清晨，人們還在沉睡之中，小區的圍牆被上百個拆遷隊的漢子突然推倒，當你睜開眼睛時，你的家已經不再在小區之內，而和過往稠密的馬路連在了一起。隨之而來的，是拆遷隊和居民們的扯拉與廝鬥，是有老人被送進醫院救治的殘酷消息；是你家被偷、他家失物的接連與頻發。就連我家，也遇到了一次窗子被撬，一次被人入室偷竊的「特殊待遇」。報案就像小學生報告老師他丟了鉛筆一樣毫無意義。也不相信偷者是真的盜賊，無非是讓你不能安寧地生活而盡早同意拆遷的一種精妙的舉措。拆遷與被拆遷，就這麼生生僵持，對抗了五個多月，終於政府和拆遷人員向居民們最後下達了不可理喻的荒謬通牒，以那些房子不知道是誰建、又不知誰住的可笑為依據，定其為「違章建築」，將於上年11月30日為最末的期限，不搬走者就一律強行拆除。那一天，居民們憤恨惱怒，家家做好了「人在房在，人亡房亡」的誓死準備。就在這種你死我活的情勢中，我斗膽以一個作家的名譽，給中國的最高領導人胡錦濤總

書記和溫家寶總理寫了一封公開的告急信，發在中國的新浪和騰訊微博上，希望萬萬不可在北京首都發生這樣的強拆流血事件；希望政府不要和百姓在拆遷中做這種貓與老鼠的開心遊戲。心裡知道，國家領導就是有慧眼八百，也無法看到那樣一封告急的信件，可也總是期冀著通過成為中國民眼民耳的微博在那極端事件中暴風雨式的點擊和傳播，引來地方政府在拆遷中的警覺與注意。可其結果，那樣一封有史以來一個作家給總書記的第一封求救告急信，在轉瞬間傳遍全國之後，卻像一個響屁放在了空曠的原野。一天的平靜之後，到了 12 月 2 日的凌晨五點多，我的鄰居陳先生家裡，突然有幾個頭戴鋼盔、身著統一「特勤」制服的男女，威風凜冽，破窗而入，把他從床上一吼驚起。在他不同意拆遷的答覆後，就被強行帶走關了起來。而後是快速地清出他家的大件家具，趕在天亮之前就用大型機械把他家的房屋夷為平地，變為了一片廢墟。陳先生後來說，在他被從家裡帶出時，一出門就看見大約有二百多個的特勤人員，各個頭戴鋼盔，把他家的房屋團團圍住時，其實已經預示了弱者在強者面前、百姓在權力面前理抗的結局。所以，之後幾天的抗鬧和到北京市政府的集體冤訴，其實都是一場抗拆遷敗局的尾聲。如此，三十多戶居民在 12 月不得不同意的拆遷，成為了我一年間人生黑洞最為陰冷暗黑的終結。這讓我相信，一個作家，一個百姓，在現實中的尊嚴，就像一條狗在飢餓時向主人的哀求。法律如隨斷隨扔的草繩。作為公民能夠攥在手中的權利，宛若能夠攥在手中的空氣。我真的想哭！甚至有時會突發奇想，能夠讓我在北京的繁華地帶如長安街、王府井和天安門廣場上痛哭一場，那該是我多麼榮幸的一椿事情

哦。

　　人就像狗一樣活在這個社會裡。

　　我就像螻蟻一樣生活在現實中。能夠在小說裡如賤狗一樣汪汪吠叫成了我的理想，而且又總是渴望把那狗吠的叫聲轉化為藝術美妙的音樂。這種畸形的生活和有些畸形的文學追求，讓我活著並讓我活得時有自信而又總是氣餒無奈，也因此在過度的精神疲憊中，渴望離開 2011 年的北京，回到 2012 年老家春節母親的身邊，同那塊土地上的親人們廝守一起，借他們淳樸的體溫，來溫暖我在斷電隧道中周身的寒冷、不安和驚恐。今年回老家過年，整整十天，除了必走必串的親戚以外，我沒有告訴老家周邊的任何朋友。春節期間，沒有離開過母親和哥嫂半步。一天到晚都同已經八十歲的母親待在一塊，都同已經退休在家的哥嫂和姪女們待在同一房屋。我們說笑、聊天、憶舊、打牌，不談工作，不談寫作，不談生活中的任何遭遇和困境，就像大家一切都好，萬事如意般，忘記了過去，疏忽了生活的黑暗，只看見眼前一片的光明和濃烈的親情。連續幾日，一家人都圍著電視，看那日益媚俗的連續劇和春節晚會，雖然媚俗和庸常，親情卻使我彷彿回到了母親的子宮，感到了從未有過的平靜、溫暖和沒有焦慮的安全。大年三十吃著餃子的時候，母親把她碗裡的純肉餃子夾到我的碗裡，在她滿是白髮遮掩的臉頰上，映著由衷的滿足和快樂，說這個社會是真的富了、好極了，吃到純肉的水餃和當年貧窮時能夠吃到樹皮野菜樣隨便和普遍；哥哥是老郵遞員，給人送報送信騎了半生的自行車，退休之後，在我稿酬的幫助下，買了一輛捷達轎車，初二拉著我去山裡的親戚家裡走串時，問我說

現在所有人都對政府憤恨在心，可日子又這麼富足美好，為什麼還都不能滿足呢？兩個姊姊是道地的農民，初二回娘家看望母親時，覺得電視上播的歌頌清朝皇帝廉明親民的連續劇《新還珠格格》委實好看並藝術，因此也希望我能夠那樣寫作，名利同在，只要寫出一部，就算真正給家人、親人臉上掙得了光亮和榮耀。初六是鄉村正月的黃道吉日，這一天我告別人們與家鄉，不得不返回北京時，所有的親人都來為我送行、道安、說吉祥。母親是每次離別都要流淚的，這一次仍然是淚水漣漣，默默無語，直到當我離開那一刻，她才含淚趴在我耳朵上說：「在外邊，多和當官的人好，不要和人家過不去。」離開之後，哥哥也發給我一個短信說：「因為過年，什麼都沒給你說，你要記住，和誰過不去都別和政府、國家過不去。」回北京，我是開車返回的，因為家鄉的變化，高速公路就修在我家不遠處，因為那兒有一個高速公路交叉口，大姊的孩子怕我走錯路，一直把我送到高速公路的入口處。分手時，他很覥腆地告訴我，說他母親讓他轉告我，回到北京要多注意身體，少寫些東西，實在想寫了，就寫那些歌頌政府和國家的，別年齡越大變得越發固執和傻氣。我對我外甥笑著很承諾地點了一下頭，說回去告訴你外婆、舅舅和母親們，都不用替我煩操那份心，說我活得很好，寫作很好，為人也很好，除了皺紋和白髮，什麼事情都不會發生在我身上。

就走了。

開車上了高速路，可開著開著時，莫名地有淚流出來，止不住地想要哭一場。不知道為了誰，就是想要嚎啕大聲地哭一場。就把車停在路邊上，讓淚水橫七豎八地流，撲簌簌落在

獨自無聲無言的臉頰和內心，直到淚盡止乾，才又開著汽車朝北京的方向奔回來，如一條失家迷路的狗，在高速公路斷電的隧道中，惘然焦慮地喘息和奔跑。

紀事中國 2014

2014年過去了，我們並不懷念它。

這一年，是航空史上最黑暗的一年。從3月8日馬航MH370失聯，到12月28日亞航QZ8501墜入爪哇海，幾百條生命在毫無準備的情況下，沉入大海，消逝如風。

這一年，是恐懼燃燒的一年，昆明、烏魯木齊、天安門金水等地發生對平民無差別的暴力襲擊。幽靈由傳說變成現實，化作暗伏在街頭的尖刀。

這一年，是沉默而冰冷的一年。大量人權律師、記者、編輯、NGO活動人士被抓捕。受難者受難，拔劍的人身後，總跟著一群拿著抹布的懦弱之輩，確保受難者的名字消失不見。如布萊希特在詩中所寫道的：於是每個人都看見你／藏起你裙子的褶邊，那上面／沾著你最好的兒子的／鮮血。

這一年，是艱難的一年。很多人沒有成功地度過，比如今年最後一個夜晚，倒在上海外灘台階上的年輕亡者，他們的呼救湮沒在不遠處的歡呼聲中。而跨過了這一年的人們，面對的是凜冬將至，還有漫漫長夜，無從得知「最大亂度」是否已經觸及。又一個長夜漫漫。

踟躕的人們，請不要溫和地走入那良夜；尚未失去聲音的人們，怒斥、怒斥那光明的微滅。

當我們談論反腐時

今年是絕不乏味的一年，每週都有新的談資。週一見明星出軌離婚，週五蹲守官員雙規落馬。人民群眾紛紛拍手稱快，天天喜聞樂見。

為了確保在週末的休息時間裡得到充分的討論，反腐的大戲總是準時出現在每週五的下班時間。中紀委良心出品，滿足了老百姓對於政客巨賈幸災樂禍的想像：前一秒還坐在主席台上意氣風發的官員，下一秒就被帶離會場；在官員家中發現上億元現金，十六台點鈔機點算贓款，當場燒壞四台；近三成的官員，抱著「犧牲我一個，幸福一家人」的想法在預感到被調查之前選擇自殺。

這齣戲唱得沒有上限——徐才厚、周永康的落馬，打破了「入局不死，入常無罪」的官場潛規則；同樣的，也唱得沒有下線——權力買春、通姦、不正當男女關係、情婦，這些詞語頻頻出現，挑逗著看客的神經，那些奸臣淫娃，宮闈祕事簡直呼之欲出。

反腐不僅變得越來越形而下，而且官方媒體上重新出現了很久未曾使用過的「國賊」、「國妖」、「兩面人」、「叛徒」這些詞彙。黨國痛打家奴，而老百姓也不把自己當外人地痛罵幾句，這些都使得反腐變得越來越像「抓壞人」的遊戲。

中國人總是說：經是好經，可惜讓歪嘴和尚給念歪了。在一個荒腔走板的年代裡，人民群眾需要歪嘴和尚，權力更需要歪嘴和尚，因為只有他們存在，才可以成為失敗社會的替罪

羊。

　　轟轟烈烈的反腐之後，我們的社會變得更清廉了麼？

　　今年透明國際發布的針對一百七十五個國家的年度國際腐敗觀感指數中，中國下降二十位，列入一百位。而排在八十五位的印度則首次超過了中國。透明國際表示，中國的排名之所以下降，是因為它的反腐運動有失偏頗、缺乏透明，沒有做到對公職人員的問責，而且由政治動機驅使，其效果值得懷疑。

　　無論動機如何，反腐的成效是不能否定的：它的確起到了讓官員人人自危，見面宛如讓地下黨接頭的作用，也讓打算考公務員搭體制便車的年輕人放棄了這條路。可是，反腐並不能代替其他改良社會的舉措，人也不能夠依靠反腐提供的道德幻象而活。

　　兩三年前，還有「圍觀改變中國」的說法，而如今，那些圍觀者都去哪兒了？誰又還在談論社會轉型呢？

　　今年，我們發現那些迫使政府變得更透明的問責與追問漸漸消失，取而代之的，是各型各色的「壞蛋」在央視上的懺悔：伊力哈木作為分裂祖國的代表，柯震東、王全安作為演藝圈腐化的代表，陳永州、沈灝作為新聞界敗壞的代表，郭美美作為高調坑爹界的代表。

　　這一番番的痛哭流涕，不僅起到了殺雞儆猴的作用，而且巧妙地替換了社會矛盾：所有人與體制的衝突被轉化為好人與壞人的衝突，所有的社會問題被簡化為道德問題。

　　而當所有的壞人都抓完了之後，人們對老虎蒼蠅的捕殺也觀賞疲勞之後，我們是否能夠恢復談論社會的能力呢？

文藝是誰的奴隸

1942 年5月2日，有一百餘人參加的延安文藝座談會正式開始。5月23日，毛澤東在座談會上做總結性發言，是為著名的〈延安文藝座談會上的講話〉。標誌著毛氏「黨文化」正式形成。

根據高華在〈延安文藝座談會與毛澤東「黨文化」觀的形成〉一文中的概括，毛氏「黨文化」包括五個核心概念：

一、文藝是政治鬥爭的工具，革命文藝的最高目標和最重要的任務就是利用文藝的各種形式為黨的政治目標服務。

二、和工農兵相比，知識分子是最無知和最骯髒的，知識分子必須永遠接受「無產階級」的改造。

三、人道主義、人性論是資產階級文藝觀的集中體現，革命文藝家必須與之堅決鬥爭和徹底決裂。

四、魯迅的雜文時代已經過去，嚴禁暴露革命隊伍中的陰暗面。

五、反對從五四新文化運動遺留下的文藝表現形式上的歐化傾向，文藝家是否利用「民族形式」並不僅僅是文藝表現的個別問題，而是屬於政治立場和世界觀的重大問題。

延安文藝座談會之後，延安及各個根據地的文藝刊物和文藝團體被置於各級黨委宣傳部門的領導之下，文藝家被歸入各類行政組織內。對於文藝的控制進一步加強。

那次會議，王實味沒有被邀請，他也沒有像其他未收到邀請的作家一樣旁聽。最終，他被砍死丟入枯井，成為延安文

化界第一個祭旗的犧牲品。其他的文化界人士，在座談會之後紛紛「脫胎換骨」、「尋求新生」。大量符合會議精神的作品應運而生，創作它們的文藝戰士，卻在之後的歲月裡，或鋃鐺入獄或含冤而死。

沒有活到延安文藝座談會那天的魯迅說過，在反抗舊社會的時候，政治革命家和文藝家是一道的；待到革命成功，政治家把曾經所反對那些人用過的老法子重新採用起來，文藝對此不免於不滿意，於是必須被割掉頭。

然而即使文藝沒有被割掉頭，它在權力面前也毫無招架之力。波蘭詩人米華殊（Czeslaw Milosz）在諾貝爾文學獎的領獎詞中寫道：「誰掌握了權力，誰就可以控制語言。不僅看審查制度，還靠改變語言的內涵。」自然生長的語言，就這樣一次次在開花結果之前，被強制壓抑、扭曲。

2014 年10月15日，在人民大會堂東大廳舉行的文藝座談會上，第一個發言的中國作協主席鐵凝說，（這次座談會），不禁想起七十二年前的延安文藝座談會。

七十二年後的文藝座談會，七十二人共襄盛舉，最年長者是年屆九旬的紅學家馮其庸，最年輕的是八〇後「網路作家」周小平。而後者發微博曬在會上的自拍，並且發文自稱「我待祖國如暖男」。

為什麼這樣一個熱愛自拍的年輕人會受到官媒的不斷追捧和洗白？

座談會的一個月後，國家網信辦的會議上提出「加強網宣隊伍建設，培養全媒體人才，扶持和推出我們自己的大 V 和話語體系」。周小平無疑是「我們自己的大 V」，肩負著占領

輿論陣地的重任，難怪他會撰文稱〈請不要辜負這個時代〉：他的確沒有辜負這個時代的指鹿為馬，這個時代的點石成金。

座談會提出「文藝不是市場的奴隸」，於是文藝成了權力的奴隸。

一切都宛如七十二年前，文藝圈競相表態：參加了會議的北大教授范曾作詩「皇圖八萬沐初陽，嵩嶽奔川隱佛香」；導演馮小剛透露自己新片叫做《抗美援朝》。也有失意者，例如趙本山，他沒有被邀請參加這次會議，自己連夜召開針對座談會的研討會，表示「激動地失眠了」。而電視劇《武媚娘傳奇》的女演員脖子以下的鏡頭全部被裁減，因為她們長著一對迎合市場，不符合社會主義核心價值觀的胸。

歷史加速前進，這一切荒謬鬧劇在網民的調侃中被消解，晨光降臨時便如閃爍的朝霞般消逝。而歷史中的人，從來就想重寫自己的傳記，改變過去。參與這次座談會的七十二人中的某人，也許會在某日，希望能抹去自己的痕跡，然而這是不可能實現的，歷史縱然會被遺忘，可它不會被改寫。

占領者

今年的《亞洲週刊》把年度人物頒給了「占領者」和「反占領者」。

今年的兩場占領，一場發生在香港，一場發生在台灣。

香港「占中」全稱是「讓愛與和平占領中環」，緣起是爭取真普選。8月31日，全國人大常委會發布對於 2017 年香港特首選舉政改框架，方案確定需要半數提名委員支持才可成為候

選人，這引起泛民主派的不滿。當晚，泛民團體舉辦集會，領袖表示香港進入抗命時代。十七歲的學民思潮召集人黃之烽宣布學生罷課。

9月26日。學生領袖在罷課的最後一夜，發起了對政府總部前原本關閉的公民廣場的衝擊，幾十名學生因此被捕。出於對學生的同情，成千上萬的香港人在接下來的那個週末在金鐘的政府總部靜坐。

台灣「占領」的緣起是3月17日，國民黨立法委員張慶忠以三十秒時間宣布完成〈海峽兩岸服務貿易協議〉的委員會審查，引發大學生與研究生的不滿。3月18日晚，數百名學生占領「立法院」。30日，數十萬以黑 T 恤為標誌的抗議者湧入立法院周邊靜坐。

台灣和香港的占領有相似之處：「真普選」和「反服貿」只是表面的議題，港台的年輕人抗議的對象，是失序的當局和渺茫的未來。

香港在十年前對很多大陸人來說還是富裕和「洋氣」的象徵，然而它雖然表面繁榮，但對年輕人來說卻是「不易居」，近二十年來大學畢業生工資上漲有限，而房租卻漲了近十倍。年輕一代面對的是極大的貧富差距，和極小的流動機會。台灣亦然，年輕人失業率極高，他們擔心「服貿」簽訂之後，最大的獲益者是大資本和代理人，大陸資本的湧入讓本土青年開一間咖啡館、開一間麵包房的「小確幸」會變得遙不可及。

他們抗議的，是政府對於中下階層處境的漠視；他們保衛的，是生活的安全感，是不被侵蝕的政治自由。

12月11日，香港警方在金鐘區主幹道對示威者進行強制清場，持續七十五日的「占中」結束。4月10日，學運代表陳為廷宣布退場，持續二十多天的「太陽花」結束。

激昂的人聲與荷爾蒙退去，城市恢復秩序，車輛繼續在街道上飛馳，像是什麼也沒有發生過。

——這樣看，這兩次「占領」似乎都失敗了。

如果以行動的直接結果來衡量，失敗幾乎是注定的。香港與台灣的困局與憤懣，並非一日釀成：文明和制度上的優越感與經濟上的失落感，交織成巨大的張力，因此對大陸產生拒絕。而在抗爭之後，我們看到的是港台民眾的政治訴求，被狹隘地方本土主義綁架，港台和大陸的隔閡和敵意不斷被放大，甚至被製造，抗爭的目標似乎漸行漸遠。

如果放在歷史中衡量，至少有一種成功：舊時代一去不復返了。

六〇年代是日本革命青春最激情的時期，左派青年投入於各種抗爭：反越戰、反美帝國主義、反體質等。當時曾經採訪過學運領袖的記者川本三郎把他那段時期的經歷寫作出《我愛過的那個時代》。

他在書中寫道：「那個時代，有死，有無數的敗北，但那個時代是無可替代的『我們的時代』。不是自我中心主義，而是我們主義的時代，任何人都試著為別人設想。把越南被殺的孩子們想成自己的事，對戰爭試著表達抗議的意志，試圖否定被編入體制內的自己。我只想把這件事珍惜地留在記憶中。」

他愛過的那個時代，是思想能直接轉化為行動的時代，

是犬儒不再是答案的時代。

冰與火之歌

2014 年，中國經濟全年增長放緩至 7.4%，這是 1990 年以來的最慢增速，也是 1998 年以來首次未能實現目標增速。

玉米、大豆等農產品價格創四、五年新低，黃金、原油、銅為代表的大宗商品市場全面下行。受全球煤炭需求降低的影響，2014 年中國煤炭企業虧損面更是超過了 70%。

以上這些都不是真正值得警惕的。根據《華爾街時報》的報導，中國的平均房價正在以每年 4% 的速度下跌。瘋狂擴張的城市建設正在感受到被擠壓的痛苦，由三四線城市逐漸向上蔓延。在今年一份的房企高管內部發言中，唐山的樓市有一百個月的庫存，只好靠降價解套。

不斷惡化的樓市對中國經濟的影響是一串連鎖反應，不少經濟學家擔心最終會衝擊金融系統引發信貸危機。做空的人依然在做空，然而看好的人一直看好。共識在於：無論在什麼時候，未雨綢繆都是對的。

九〇年代初。日本因為股市樓市泡沫破裂而陷入通縮，進入「失去的二十年」。然而，因為死守製造業底線，日本依然保持經濟上的競爭力。

年末有一場關於「馬桶蓋」的爭論，緣起在於越來越多的中國遊客去日本旅遊，並不是買奢侈品，而是買諸如電動牙刷、吹風機、馬桶蓋之類的小型家電。一大批在乎生活品質的中產階級，已經默默地成長起來，消費者的轉型遠遠領先於製

造業轉型。

今年，「中國製造」的光芒進一步褪色，東莞和溫州正在經歷製造產業空心化，大量工廠倒閉或停業。大金、松下、西鐵城、夏普等集團從中國撤廠回日，微軟將關閉中國北京及東莞的兩家手機工廠，轉戰越南。

《人民日報》海外版評論稱：「這說明外方逐步縮小了國內製造與中國製造的成本差距，我們有理由為此恭喜外方。」

除了《人民日報》喜迎工廠倒閉以外，其他人都無法表示歡欣鼓舞。中國工廠正在經歷痛苦的轉型期，2014年中國的罷工數量達到一千三百七十八起，是 2013 年的兩倍多。4月，愛迪達、耐吉的供貨商裕元鞋業約四萬民員工為爭取足額繳納社會保險而大罷工，這是近幾十年最大規模的罷工。

一方面是製造業的冬天，另一方面，卻是熱火朝天的全民創業熱潮。

9月的夏季達沃斯論壇上，李克強總理發言，要在九百六十萬平方公里土地上掀起一個「大眾創業」、「草根創業」的新浪潮。

12月，教育部發通知，要求高校建立彈性學制，允許在校學生休學創業。另外，聘請創業成功者、企業家、投資人擔任導師，進校園對學生進行指導——幾乎可以看見投資人指向年輕人烏泱泱的頭頂說「你就是下一個馬雲！」的場景，每個人都澎湃，覺得說的就是自己。

雖然創業被包裝以「實現夢想」之類的華麗詞彙，但它實際上卻是無奈之選。經濟下行，錢變得越來越難掙，也變得

越來越難花。可投資的領域變得越來越少，大量的熱錢便往互聯網領域流淌。

　　為了解決盲目擴招帶來的大學生難找工作的問題，剛畢業，甚至還沒有畢業的大學生用父母的老本，或者是投資人的錢創業，為學校提升了應屆生就業率，為政府創造了稅收和社保稅。在折騰了好幾年之後，獲得了「屢戰屢敗」、「落地的麥子不死」之類悲壯而文藝的聲譽作為失敗的補償。再沒有比創業犧牲自己，造福社會的好事了。

　　當創業的潮汐退去，熱血流盡、泡沫戳破、人群退散，我們會發現，掙著錢的人遠走高飛，沒掙著錢的人失去了幾年的青春。而這些都不是最可怕的，最可怕的是我們發現製造業、服務業、基礎科學的發展緩慢，而下一代往上流通的夢被徹底扼殺。

　　2014 年是矛盾的一年。今年，我們舉行了萬國來朝的 APEC 會議，看一則新聞，說 APEC 餐飲上菜時間精確到「秒」，最長送餐直線距離三百米，經過秒表計時反覆演練，這條路線最終被確定為要走四百八十四步，五分四十五秒抵達，力求讓各位外國元首賓至如歸；同時，教育部長袁貴仁講話，說「西方價值觀教材不適合課堂」。今年，領導人在全國事務中進行斡旋，扮演著「負責人的大國」的角色，另一方面，南海問題又頻頻進入我們的視野。「和平崛起」四個字中，中國已經完成了後兩個字，難題在於如何保持「和平」。

　　這是國家需要解決的問題，對於身處中國的老百姓來說，更迫在眉睫的擔心是：騰飛的經濟增長開始放緩，彷彿

機艙裡傳來親切但冰涼的聲音：「您所乘坐的飛機將要降落了。」

請繫好安全帶。

文學叢書　452

INK PUBLISHING 兩代人的十二月

作　　　者	閻連科　蔣方舟
總 編 輯	初安民
責 任 編 輯	宋敏菁
美 術 編 輯	陳淑美
校　　　對	吳美滿　宋敏菁

發 行 人	張書銘
出　　　版	INK 印刻文學生活雜誌出版有限公司
	新北市中和區中正路800號13樓之3
	電話：02-22281626
	傳眞：02-22281598
	e-mail:ink.book@msa.hinet.net
網　　　址	舒讀網 http://www.sudu.cc

法 律 顧 問	巨鼎博達法律事務所
	施竣中律師
總 代 理	成陽出版股份有限公司
	電話：03-3589000（代表號）
	傳眞：03-3556521
郵 政 劃 撥	19000691 成陽出版股份有限公司
印　　　刷	海王印刷事業股份有限公司

港澳總經銷	泛華發行代理有限公司
地　　　址	香港新界將軍澳工業邨駿昌街7號2樓
電　　　話	852-2798-2220
傳　　　眞	852-2796-5471
網　　　址	www.gccd.com.hk

| 出 版 日 期 | 2015 年 9 月 初版 |
| Ｉ Ｓ Ｂ Ｎ | 978-986-387-044-9 |

定價　280 元

Copyright © 2015 by Yan Lian Ke & Jiang Fangzhou
Published by INK Literary Monthly Publishing Co., Ltd.
All Rights Reserved
Printed in Taiwan

國家圖書館出版品預行編目（CIP）資料

兩代人的十二月／閻連科、蔣方舟 著.
－－初版. －－新北市：INK印刻文學, 2015.09
面；公分. －－（文學叢書；452）
ISBN 978-986-387-044-9（平裝）

855　　　　　　　　　　　　　　　104009395